견제와 균형

견제와 균형

초판 1쇄 인쇄일 2025년 04월 21일
초판 1쇄 발행일 2025년 04월 28일

지은이 김종현
펴낸이 양옥매
디자인 표지혜
마케팅 송용호
교　정 송용호

펴낸곳 도서출판 책과나무
출판등록 제2012-000376
주소 서울특별시 마포구 방울내로 79 이노빌딩 302호
대표전화 02.372.1537　**팩스** 02.372.1538
이메일 booknamu2007@naver.com
홈페이지 www.booknamu.com
ISBN 979-11-6752-607-6 (03800)

견제와 균형

【 김종현 지음 】

현실 속에서 고민한 지켜야 할 이상
현장의 목소리를 통해 되짚어본 생각들

책과나무

청사포로
Cheongsapo-ro
127→167
30 30

프롤로그

현장에서 들려온 목소리를 통해 되짚어본
우리 사회의 문제점

기자로서 지난 2년간 보도자료부터 현장 르포, 종합 발제 기사까지 9,000건이 넘는 기사를 작성했습니다. 그중에서도 가장 선명하게 기억에 남는 것은 2022년 10월 29일, 이태원 참사 현장을 취재했던 밤입니다. 핼러윈 축제를 즐기던 그 날 밤, 예상치 못한 비극이 서울 중심부에서 벌어졌습니다. 사회적 재난 수준의 대형 사고는 단순히 우연이 아니었습니다. 나는 생활경제부 소속 기자였지만 곧장 현장으로 달려갔고, 그곳에서 목격한 것은 무너진 질서와 통제의 부재, 그리고 그것이 초래한 참혹한 결과였습니다. 현장에서 마주한 질문은 단순했습니다.

"만약 누군가가, 단 한 명이라도, 공권력의 이름으로 질서를 바로잡았다면 159명의 목숨은 지켜질 수 있었을까?"

"만약 안전을 위한 시스템이 최소한의 견제 역할이라도 했다면 이 비극을 막을 수 있지 않았을까?"

이 질문은 곧 사회 전체로 향했습니다. 견제와 균형이 무너진 정치, 소통 없이 추진되는 정책, 피해자를 외면하는 제도. 각자의 논리로만 무장한 채 타인의 입장을 듣지 않는 구조 속에서 무수한 갈등과 사고들이 되풀이되고 있었습니다.

'견제와 균형'은 단순한 정치 이론이 아닙니다. 이는 사회라는 유기체가 건강하게 작동하기 위한 생리이자, 국민의 삶을 지탱하는 가장 기본적인 원리입니다. 마치 몸속 혈류처럼 이 원리가 막히거나 폭주하면 사회는 순식간에 병들고 맙니다. 지금 우리 사회는 바로 그 경계에 서 있습니다.

이 책은 '무엇이 잘못되었는가'를 비판하려는 글이 아닙니다. '무엇이 문제였는가'에서 더 나아가, '어떻게 균형을 다시 세울 수 있을 것인가'를 함께 고민하자는 제안입니다. 나는 기자로서, 또 이 시대를 살아가는 한 시민으로서, 현장의 목소리를 전달하고자 이 글을 썼습니다.

과유불급(過猶不及), 소탐대실(小貪大失) ―

이 단순한 사자성어 두 개가 우리 사회의 운영 원칙이 되
는 날이 오기를 진심으로 바랍니다.

그리고 이 책이 그 시작점이 되기를 희망합니다.

2025년 봄날

김송현

【 목차 】

프롤로그

【 1장 】
국내로 본 견제와 균형

【 1장 】

국내로 본
견제와 균형

길가에 놓인
폐업 점포를 보며

2024년 10월, 외할머니의 장례식을 마친 뒤 남대문 시장과 명동을 홀로 걸었다. 울적한 마음을 달래고 싶었다. 서울역을 나와 숭례문을 향하던 중, 금융권 출입 시절 자주 찾았던 샐러드 가게가 떠올랐다. 가격은 다소 비쌌지만 매일 신선한 식재료로 만든 샐러드와 속 부담이 덜한 커피가 마음에 들어 신한금융과 우리금융을 출입할 때마다 아침과 점심시간에 자주 들렀던 곳이었다. 저녁 시간이었지만 여전히 운영 중일 거라 생각했다. 그러나 도착한 곳엔 텅 빈 매장과 간판이 떨어진 가게만이 남아 있었다. 바쁜 일상 속 작은 여유를 선사해주던 그 샐러드 가게는 더 이상 존재하지 않았다.

최근 들어 폐업한 가게들을 유독 자주 보는 것 같다. 내가 이러한 사회 현상에 특별히 관심이 많아서일 수도 있지만, 폐업한 점포를 마주할 때마다 마음 한구석이 허전하고 울적하다. 특히 단순히 모르던 가게가 사라진 것이 아니라, 오랜 시간 단골로 찾으며 사장님과 정을 나누던 곳이 문을 닫았을 때의 허망함은 이루 말할 수 없다. "아들 같다"는 따뜻한 한마디와 함께 서비스와 웃음, 그리고 일상 속 위로를 건네주던 가게가 사라지면, 형용할 수 없는 아픔과 공허함이 한동안 가시질 않는다.

오늘도 폐업한 지하철 편의점을 보았다. 모임에 가던 중 가산디지털단지역에서 운영되다 문을 닫은 편의점이 눈에 들어왔다. 대학생 시절 가산동에 방문할 때면 한 번씩 들렀던 곳이었다. 겉으로는 무심한 듯 손님을 맞았지만, 가끔 툭툭 "비 올 것 같은데 조심해요"라고 따뜻한 말을 건네던 장년의 사장님이 떠올랐다. 그러나 이제 그 자리엔 아무것도 남아 있지 않다.

냉정한 현실 속에서 예외가 되어야 할 존재

사회 속 다양한 모습을 보다 보면 많은 생각이 든다. 일반적으로 경제는 이익을 좇고 돈이 되지 않는 것은 과감히 포기하는 냉정한 논리로 돌아간다. 하지만 나는 그 냉정함이 예외였으면 하는 단 하나의 분야가 있다. 바로 자영업과 소상공인이다. 우리는 일상 속에서 무심코 이용하며 당연하게 여겼던 것들이 사라졌을 때, 그 소중함을 뒤늦게 깨닫는다. 하지만 자영업과 소상공인은 단순한 개인 사업이 아니다. 우리나라 경제를 지탱하는 중요한 축이다.

2023년 기준, 우리나라 자영업자는 약 570만 명이다. 이들 중 많은 사람이 가족을 부양하는 가장이라면 최소 1,200만 명 이상의 국민이 자영업과 직·간접적으로 연결되어 있다는 뜻이다. 그런데 이들이 경제적 어려움에 부딪혀 파산하면, 그로 인해 가장 큰 이익을 보는 것은 중견기업과 대기업이다. 자영업과 소상공인이 놓친 고객 수요를 흡수하며 몸집을 불리고 시장 독과점이 가속화된다. 일각에서는 "자본주의 사회에서 어쩔 수 없는 흐름"이라고 말한다. 하지만 소수의 거대 기업이 시장을 완전히 장악하게 되면 견제와 균형이 무너지고 공급자가 갑이 되는 '주객전도' 현상이 발생한다.

그렇게 되면 소비자는 필요한 물건을 기존보다 훨씬 비싼 가격에 구매해야 하는 상황에 놓인다. 너무 비싼 걸 알면서도 생활을 유지하기 위해 어쩔 수 없이 사야 하는 소비 패턴이 반복되며 기업들은 몸집을 더욱 키운다. 하지만 정작 가격을 올리는 것에 비해 상품과 서비스의 품질 향상에는 투자를 게을리하는 악순환이 계속된다. 결국 이러한 구조가 장기화되면 국가 경제 전반에 악영향을 미치고 인플레이션과 경기 침체를 유발하며 '대공황'과 같은 위험한 상황을 초래할 수 있다.

우리가 일상 속에서 가깝고 편하게 접하는 것들은 본질적으로 결코 가벼운 것이 아니다. 그러나 사람들은 따뜻한 정을 느낄 수 있었던 가게가 사라져도 "저기에 뭐가 있었더라?" 하는 무심한 눈빛으로 지나쳐 버린다. 누군가는 "내 삶도 바쁜데, 그런 걸 신경 쓸 여유가 어디 있느냐"고 말할 수도 있다. 뭐라 할 순 없지만, 그저 울적한 마음만 남을 뿐이다.

멈췄던 거리,
다시 흐르는 사람들

인사동 거리를 걸을 때마다 많은 생각이 떠오른다. 학창 시절, 뉴스에서만 접하던 인사동을 처음 방문해 사람들로 인산인해를 이룬 풍경을 마주했던 기억. 그리고 첫 언론사 수습기자 시절, 코로나19 팬데믹으로 유령 도시처럼 변해버린 인사동을 취재했던 기억. 오늘의 인사동은 학창 시절만큼 북적이지는 않았지만, 팬데믹 때처럼 상권이 죽어버린 모습도 아니었다. 딱 그 중간쯤 되는 모습이었다.

현대건설 계동 본사를 지나 쌈지길이 있는 중심 거리로 향하면서 거리는 점점 활기를 띠었다. 꿀타래를 파는 상점 앞에서는 중국어와 일본어로 호객하는 남자 직원들이 손님을 끌었고, 골목 안쪽으로 들어서자 전통 장신구, 붓, 도장, 한복, 캐주얼 의류 가게들이 늘어서 있었다. 거리를 거

니는 사람들도 다양했다. 젊은 국내 관광객뿐만 아니라 히 잡을 쓴 여성들, 프랑스어로 대화하는 백인들, 영어로 "저 쪽으로 가야 한다"며 가족과 이야기하는 흑인들까지. 모두 가 골목 곳곳의 전시품과 기념품, 먹거리를 구경하며 인사 동의 정취를 즐기고 있었다.

점심으로 먹은 컵라면과 김밥이 소화되었는지 노점에서 파는 꿀 호떡이 자꾸 눈에 들어왔다. 대기줄이 없는 틈을 타 가방 속 비상용 현금을 꺼내 호떡 하나를 샀다. 호떡을 기다리며 "요즘 손님들 많이 오세요?"라고 묻자, 사장님은 "숨통은 트였어. 그래도 코로나 때보단 낫지 뭐."라며 미소를 지었다.

코로나19 팬데믹 속에서 사라졌던 풍경들

인사동의 꿀 호떡은 지난 10년간 불경기의 변화를 가장 가까이서 지켜본 존재다. 코로나19 이전만 해도 각종 TV 프로그램과 기사에 소개되며 '인사동에 가면 꼭 먹어야 할 간식'으로 통했다. 10m가 넘는 줄은 일상이었고, 학창 시절 나 역시 20분 넘게 기다려서야 겨우 한 입 맛볼 수 있었다. 그 따끈한 호떡 한 입에 겨울바람도 잠시 멈춘 듯한 기분이 들곤 했다. 그러나 2019년, 팬데믹이 시작되면서 일상은 멈췄고 인사동도 예외가 아니었다. 사회적 거리두기와 집합 금지 조치가 이어지자 사람으로 북적이던 거리엔 발길이 끊겼고 노점상들은 하나둘 자취를 감췄다. 지팡이 아이스크림을 팔던 노점도 어느새 사라졌고 익숙했던 상점들이 하나둘 빈 공간으로 변해갔다.

2022년, 언론사 수습기자로 처음 취재를 나갔던 그날의 인사동 풍경은 아직도 선명하게 기억난다. 종로3가역 출구를 지나 낙원상가를 통과하면 만날 수 있는 그 중심 거리. 그러나 그곳엔 활기 대신 정적이 감돌고 있었다. 눈에 들어오는 건 문을 닫은 가게들, 그리고 '폐업 정리'라 적힌 현수막들뿐이었다. 좌우를 둘러보았지만 영업 중인 가게는 채 10곳도 되지 않았다. 다섯 곳 중 두 곳에는 '폐업', '임대'라는 글씨가 적혀 있었고, 사진 작가나 화가들이 작품을 전시하는 공간도 텅 비어 있었다. 전시장 안내 간판이나 홍보 현수막조차 걸려 있지 않았다. 예전 같으면 화려한 안내판이나 전시 홍보물이 걸려 있었을 자리엔 바람만 조용히 스쳐 지나갔다. 사람의 발길이 닿지 않는 거리는 생각보다 빨리 그 온기를 잃는다. 그날의 인사동은 마치 시간이 멈춘 도시처럼 쓸쓸했고, 그 쓸쓸함은 사람의 마음에도 조용히 스며들었다.

견제와 균형 위에 되살아난 온기

2년 반이 지나고 코로나19가 엔데믹으로 전환되면서, 인사동 거리는 점차 활기를 되찾고 있다. 종로 상권 역시 회복의 기미를 보이며, 광장시장 골목엔 노란 등을 밝히고 손님을 맞을 준비로 분주한 노점상들이 다시 자리를 채우고 있다. 한때 암흑 같았던 거리 위에 불빛이 다시 켜지고 있었다. 그러나 회복은 단순한 '활기'로만 평가할 수 없다. 팬데믹은 도시의 균형을 흔들었고, 소상공인과 예술가, 상점주인과 관광객 사이의 거리감은 생각보다 컸다. 회복의 속도는 제각각이었고, 그 불균형은 누군가에겐 기회가 되었고, 반대로 누군가에겐 소외로 다가왔다.

어쩌면 지금 우리가 마주하는 인사동은 '견제와 균형'이라는 오래된 원칙이 작동 중인 공간일지도 모른다. 전통과 현대, 상업과 예술, 생존과 회복 사이에서 천천히 조율되는 공존의 리듬. 그 과정이 더디더라도 한 사람 한 사람의 존재와 이야기가 켜켜이 쌓이며 인사동이라는 장소의 본질을 만들어간다.

팬데믹 시절 침묵으로 가득했던 이 거리에는 이제 사람

들의 발걸음과 대화가 다시 흐르고 있다. 노점상, 손님, 관광객, 직장인…. 누군가는 여전히 이곳을 오가며 자신의 하루를 살아낸다.

10년, 50년, 100년 후―우리가 청춘의 열정과 만남의 기쁨을 나눈 이 거리의 운명이 어떻게 변할지는 아무도 모른다. 그러나 분명한 것은 하나. 우리가 사랑하는 공간은 단순한 장소가 아니라, 기쁨과 위로 그리고 추억이 깃든 공동체의 심장이라는 사실이다. 그 위로와 기억을 지켜낸 사람늘, 다시 온기를 불어넣는 이들의 마음이야말로 도시를 살리고 균형을 회복시키는 가장 강력한 힘이 될 것이다.

속 빈 강정이 된 커피 왕국, 카페베네의 교훈

　오전 출근길, 신정네거리역을 지나던 중 한 장소가 유독 눈에 들어왔다. 몇 년 전까지만 해도 국내 매장 수 1위를 기록했던 카페베네가 있던 자리였다. 대학생 시절, 시험 기간이거나 시간이 비는 주말이면 그곳에서 음료를 마시며 시간을 보내곤 했다. 그러나 어느 날, 익숙했던 공간에 '매장 영업 종료'라는 안내문이 붙었을 때 한 시대가 끝났다는 서글픈 감정이 들었다. 편하게 앉아 음료를 마시며 작업할 수 있었던 공간이 또 하나 사라졌다는 사실에 가슴 한켠이 묵직해졌다.

　지금은 경영권이 사모펀드에 넘어가면서 로고와 브랜드 이미지까지 완전히 바뀌었지만, 한때 카페베네는 국내에서 모르는 사람이 없을 정도로 성공한 브랜드였다. 2015년, 전국에 800여 개의 매장을 운영하며 국내에서 가장 많은 매장을 보유한 카페 프랜차이즈였고, 당시 대표였던 고(故) 강훈 전 대표는 청소년들의 롤모델로까지 꼽히기도 했다. 그러나 한때 스타벅스를 위협할 정도로 빠른 성장을 이루었던 카페베네는 왜 몰락의 길을 걸었을까?

하워드 슐츠가 예견한 실패

카페베네의 몰락을 이야기하기 전, 스타벅스의 전 CEO 하워드 슐츠가 남긴 말을 떠올려보자.

약 10년 전 하워드 슐츠는 한국을 방문해 연세대학교 백주년기념관에서 강연을 진행했다. 그는 스타벅스의 운영 철학과 경영 방식, 그리고 당시 한국에서 협력 관계였던 신세계그룹과의 인연 등에 대해 막힘없이 이야기했다. 그러던 중, 한 대학생이 손을 들고 질문했다.

"전 세계에서 매장이 가장 많은 프랜차이즈는 스타벅스지만, 한국에서는 카페베네가 1위입니다. 스타벅스가 한국에서 선두 자리를 되찾을 전략이 있나요?"

이 질문을 들은 하워드 슐츠는 여유로운 미소를 짓더니, 느긋한 어조로 답했다.

"삼성이나 애플이 위대한 기업이라고 생각하십니까? 두 기업의 공통점이 뭔지 아십니까? 그 업계에서 '가장 규모가 큰 회사'가 아니라는 점입니다. 기업의 리더십과 가치를 판단하는 유일한 기준이 '시장 점유율'은 아닙니다. 직원과 고객과의 관계도 중요합니다. 이 부분까지 고려하면, 스타벅스가 앞선다고 생각합니다."

즉, 단순히 매장 수를 늘리는 것만이 성공이 아니라는 뜻이었다. 고객이 만족할 수 있는 서비스와 상품, 기획력 등 내부 경쟁력까지 함께 성장해야 한다는 의미였다. 이 말은 정확히 적중했다. 당시 지식경제부(현 산업통상자원부)는 카페베네에 대해 "국내에서 가장 많은 점포를 보유하고 있지만, 매출은 기대에 미치지 못한다"고 평가했다.

무리한 가맹점 확장으로 인해 본사는 모든 매장을 압구정 본점 수준의 품질과 서비스로 유지·관리할 수 없었고, 그 결과 브랜드 경쟁력이 약화되었다. 이에 대해 고(故) 강훈 전 대표 역시 "점포 수가 관리 가능한 300개를 넘어가면서부터 커피 맛을 제대로 유지하기 어려워졌다"고 인정했다. 소비자들 역시 이에 대한 불만을 표출했다.

외형 확장보다 중요한 것

카페베네의 문제는 커피 맛뿐만이 아니었다. 고객들이 더 불만을 가졌던 부분은 직원들의 불친절이었다. 철저한 서비스 교육 후에 직원을 배치하는 스타벅스와 달리, 카페베네 직원들은 고객과 눈을 마주치지 않고 무성의한 태도를 보인다는 평가가 많았다. 그 대표적인 사례가 바로 '녹차빙수 사건'이다.

어느 날, 한 손님이 부모님을 모시고 경기도 부천의 한 카페베네 매장을 방문했다. 녹차빙수 3개를 주문했는데,

빙수가 너무 꽝꽝 얼어 있어 숟가락으로 퍼먹을 수 없을 정도였다. 손님은 직원에게 항의했다. 그러나 직원은 고객의 불만을 진지하게 듣기는 커녕 무성의한 반응을 보이며 문제 해결을 미루는 태도를 보였고, 이 사건은 결국 온라인에서 큰 논란이 되었다. 여론이 악화되자 카페베네는 결국 공식 페이스북을 통해 사과문을 발표했다.

과도한 외형 확장에만 집중한 카페베네는 결국 내실을 다지지 못했다. 2014년 기준, 카페베네는 1500억 원이 넘는 부채를 감당하지 못하고 경영권을 사모펀드에 매각하는 수모를 겪었다. 새 주인은 재무구조 개선을 위해 500억 원 이상을 투자했지만 상황은 좀처럼 나아지지 않았다. 결국 2018년, 기업회생 절차(법정관리)를 신청하기에 이르렀다. 현재는 회생 절차를 마무리하고 새로운 로고와 브랜드로 사업을 이어가고 있다.

이 사례는 기업 성장의 방향성을 고민하게 한다. 단순한 외형 확장은 성공의 보증 수표가 아니다. 그에 걸맞은 사업 경쟁력과 책임을 다해야 한다는 전제가 충족될 때 외형 확장의 의미가 있다. 기업이 매장을 100개, 1,000개, 심지어

10,000개까지 늘린다고 해도 모든 매장에서 동일한 수준의 서비스와 만족을 제공하지 못한다면 고객의 신뢰를 유지할 수 없다. 성장에는 반드시 책임이 따른다. 사업 경쟁력과 경영 철학이 뒷받침되지 않는 확장은 기업을 '속 빈 강정'으로 만들고, 결국 위기를 초래한다. 지속 가능한 성장을 이루기 위해서는 단순한 외형 확대보다도 내부 경쟁력을 함께 키우는 균형 잡힌 경영 전략이 반드시 필요하다.

기술로 버티고,
기술로 살아남다

며칠 전, 아버지와 함께 강서수산물시장에서 회를 사기 위해 한 수산집을 찾았다. 광어와 우럭을 구매하고 회가 나오기를 기다리던 중, 사장님이 직접 회를 뜨는 모습을 보게 되었다. 그는 일반 칼이 아닌 일식용 칼을 사용해 생선 살을 비스듬히 자르며 신속하고 정교하게 횟감을 완성하고 있었다. 그의 손놀림에서는 수십 년간 쌓인 내공이 느껴졌다. 횟감이 거의 완성될 무렵, 나는 사장님께 이 일을 얼마나 하셨는지 물었다. 그러자 그는 20년 넘게 일해왔다고 답했다. 이에 감탄하며 정말 프로 같다고 말하자, 사장님은 웃으며 말했다.

"지금은 그렇지만, 처음 배울 땐 정말 힘들었어요. 선배한테 맞아가면서 배웠으니까요. 잘 못 썰면 칼을 집어 던지기도 했어요."

20년간 일했다면 대로변에 횟집을 차려도 되지 않겠냐고 묻자, 그는 고개를 저으며 말했다.

"여기 시장 사람들, 돈 다 잘 벌어요. 평균 일당이 20만 원이 넘어요. 오후에 일할 직원이 급한 일이 생겨서 내가 대신 하는 건데, 여기 있는 사람들 다 집, 차 있어요."

즉, 굳이 더 큰 일을 벌리지 않아도 충분히 안정적인 생활을 하고 있다는 뜻이었다. 사장님은 광어 손질을 마친 후 우럭을 들고 거침없이 작업을 이어갔다. 날카로운 일식용 칼로 우럭의 목과 내장을 분리한 뒤, 살을 먹기 좋게 썰어냈다. 칼은 '칼을 얕보는 자를 칼이 얕본다'는 말이 있을 만큼, 사용 시 온 신경을 집중해야 하는 도구다. 하지만 사장님은 그 경지를 넘어선 듯했다. 20년 넘게 숙달된 기술과 자신감으로 생계를 꾸려가는 모습이 참 대단하게 느껴졌다. 이처럼 기술 경쟁력은 개인이 경제적 문제 없이 사회생활을 영위하기 위한 필수 요소다. 이는 국가도 마찬가지다.

기술이 없는 국가는 생존할 수 없다

기술은 우리나라 경제를 지탱하는 핵심 요소다. 천연자원이나 원자재가 부족한 한국이 국제 시장에서 살아남을 수 있는 최후의 보루는 기술 경쟁력이다. 2023년 기준 국내 기업 중 시가총액이 300조 원을 넘는 곳은 삼성전자 단한 곳이다. 2위인 SK하이닉스가 100조 원을 넘었고, 3위인 LG에너지솔루션이 90조 원을 넘었다. 이들 기업의 공통점은 원자재를 가공해 완성품으로 만들어 해외에 수출하는 '기술 경쟁력이 뛰어난' 기업이라는 점이다. 특히 삼성전자가 만드는 반도체는 "산업의 쌀"이라 불릴 만큼 국가 경제에 미치는 영향이 막대하다.

하지만 삼성전자가 처음부터 반도체를 생산·수출하며 국가 경제에 기여한 기업이었을까? 결론부터 말하면 아니다.

삼성전자가 본격적으로 반도체 사업을 키운 것은 2대 회장인 고(故) 이건희 회장 때부터다. 젊은 나이에 선대 이병철 회장에게서 회장직을 물려받은 그는, 취임 직후 세계 각국에 있는 삼성의 사업장을 직접 돌아다녔다. 삼성이 글로벌 시장에서 어느 정도 경쟁력을 갖추고 있는지, 성과는 제대로 나오고 있는지를 직접 확인하기 위해서였다. 그러나 결과는 참혹했다. 해외 창고에는 삼성 제품이 먼지를 뒤집어쓴 채 산더미처럼 쌓여 있었고 팔리지 않은 재고가 계속 늘어나고 있었다. 귀국한 이건희 회장은 삼성이 생존하기 위해 반드시 새로운 먹거리를 찾아야 한다고 판단했다. 그가 선택한 것이 바로 반도체 사업이었다. 그는 개인 사비를 들여 파산 직전의 국내 반도체 기업 '한국반도체'를 인수했고, 직접 일본으로 건너가 반도체 기술자들을 면담하며 기술을 익혔다. 일부 기술은 사실상 "훔쳐오다시피" 배워왔다. 당시 삼성전자 직원들은 반도체의 'ㅂ'자도 모를 만큼 백지 상태였다. 이건희 회장이 타계한 2020년, 당시 삼성 반도체 개발팀에서 일했던 직원은 한 인터뷰에서 이렇게 말했다.

"창피한 얘기지만, 우리는 반도체가 뭔지도 몰랐어요. 메모리 반도체 64K D램을 개발한다고 했는데, 처음엔 '저걸 우리가 진짜 할 수 있을까?' 싶었죠."

이건희 회장의 결단과 조 단위의 과감한 투자 끝에, 삼성전자는 일본 기업들을 제치고 '세계 1위' 메모리 반도체 기업으로 성장했다.

기술 유출, 기업과 국가를 동시에 위협한다

기술이란 빠르고 정확하게 수요자가 원하는 물건을 생산할 수 있는 능력이다. 어떤 원자재를 어떻게 가공하고 어떤 방식으로 완성할 것인지에 대한 정보와 노하우를 습득해 최적의 결과물을 만들어내는 무형(無形)의 자산이다. 이 기술을 보유하느냐에 따라 기업의 생존이 좌우될 수 있다.

그러나 최근 대기업 직원이 퇴사 후 회사의 핵심 기술을 해외로 유출하는 사건이 심심치 않게 보도되고 있다. 기술을 팔아넘긴 대가로 이들이 받는 돈은 적게는 수십억 원에서 많게는 수백억 원에 달한다. 개인의 이익을 위해 소속 기업과 국가 경제의 근간을 흔드는 행위는 그 대가도 혹독하다. 기술이 유출된 기업은 수천억 원의 매출 손실을 감수해야 하며, 이를 만회하기 위해 예정된 개발 계획을 앞당기고 추가 자금을 투입해야 한다. 예를 들어 5년을 목표로 한 기술 개발을 3년으로 단축해야 하는 상황이 벌어질 수도 있다. 이 과정에서 막대한 인력과 비용이 추가로 투입되며 기업의 부담은 더욱 커진다.

기업이 손해를 보면 국가는 더 큰 피해를 입는다. 국내 대기업들은 실적에 따라 법인세를 납부하는데, 한 해 수십조 원에 달하는 법인세가 국가의 주요 세수(稅收)다. 만약 대기업의 실적이 악화되면 국가는 세수 펑크를 맞게 되고, 이는 국민들에게 고스란히 경제적 부담으로 돌아온다. 이 때문에 국가정보원은 산업 스파이를 '간첩', '범죄 조직원'과 동일한 중대 범죄자로 간주한다. 기업과 국가의 미래를 위협하는 기술 유출 행위는 강력한 법적 제재를 받아야 하며, 이에 대한 경각심을 더욱 높일 필요가 있다.

알고 보면 소박한
그들의 음식

최근 가족과 함께 인천 삼산 농산물시장을 찾았다. 시장에는 호박고구마, 감자, 대추, 감 등 가을 작물들이 가득했다. 다양한 농산물을 구경하던 중, 문득 눈에 띄는 채소가 있었다. 비름나물. 한해살이풀인 이 나물은 주로 데쳐 무쳐 먹거나 비빔밥에 넣어 먹는다. 이름도 생소한 비름나물이 눈길을 끈 이유는 이 나물을 유독 좋아했던 대통령이 있었기 때문이다. 바로 박정희 전 대통령이다. 그는 청와대에 비름나물을 따로 키울 정도로 이 나물을 즐겼다고 한다.

박 전 대통령이 비름나물을 좋아한 이유는 가난했던 시절의 기억과 기억과 깊이 연결되어 있다. 많은 사람이 그의 첫 직업을 군인으로 알고 있지만, 사실 그는 교사로 사회생활을 시작했다. 당시 교사 월급은 많지 않았고 그는 동료 교사와 함께 방을 쓰며 검소한 생활을 이어갔다. 주머니 사정이 넉넉지 않던 그 시절, 밭에서 흔히 자라는 비름나물을 따와 밥에 비벼 먹었다. 그렇게 배고픈 시절을 함께한 음식이 대통령이 된 후에도 그의 식탁을 지켰던 것이다.

하지만 맛은 어떨까? 솔직히 내 기준에서는 그리 맛있지 않았다. 시금치나 고사리 같은 다른 나물을 넣어 비벼 먹는 것이 훨씬 낫다고 생각했다. 박 전 대통령을 보좌하던 청와대 경호관들도 비름나물을 궁금해하며 먹어 봤지만 반응이 썩 좋지 않았다는 일화도 전해진다. 박 전 대통령의 음식에 관한 또 하나의 일화는 곰탕이다. 그는 청와대 근처 식당의 곰탕을 무척 좋아했다고 한다. 심지어 제주도 출장 중에도 곰탕이 먹고 싶다며 경호관들에게 서울에서 곰탕을 공수해 오도록 했을 정도였다.

박정희 전 대통령뿐만 아니라 다른 대통령들도 의외로 소박한 음식을 즐겼다. 노무현 전 대통령은 청와대 요리사들이 일요일에도 근무해야 한다는 점을 부담스러워했다. 그는 "셰프들도 주말엔 쉬어야 한다"며 일요일에는 직접 라면을 끓여 먹었다. 그가 즐겨 먹었던 것은 계란과 고명을 얹은 옛날식 라면이었다. 김대중 전 대통령은 쏘가리 매운탕을 특히 좋아했다. 어느 날 청와대에서 쏘가리 매운탕을 먹던 중, 국물까지 싹 비운 후 아쉬운 듯 요리사에게 "쏘가리 살이 없는데 너희가 다 먹은 거 아니지?"라며 농담을 던졌다고 한다.

보수 지지층에게 친숙한 이명박 전 대통령의 음식 이야기도 있다. 그는 어려운 가정형편 속에서 학창 시절 내내 학비 걱정을 해야 했다. 담임선생님이 "장학금이 있는 동지상고라도 가는 게 어떻겠냐"고 조언하자, 어머니는 "정말 하고 싶다면 해라. 단, 장학금을 받아야 한다"고 말씀하셨다고 한다. 결국 그는 고교 3년 내내 장학금을 놓치지 않았다. 그 치열한 성장기에는 늘 결핍이 따라다녔다. 음식도 마찬가지였다. 그가 가장 좋아했던 음식 중 하나는 꿀에 찍은 가래떡이었다. 어릴 적 부잣집 아이들이 꿀에 가래떡을 찍어 먹는 모습을 보며 한없이 부러워했다고 한다. 대통령이 된 후에도 그 시절을 떠올리며 종종 가래떡을 꿀에 찍어 먹곤 했다.

권력자들의 식탁에서 배우는 소박함의 가치

음식은 단순한 끼니를 넘어 기억과 감정을 담은 매개체가 된다. 어떤 음식을 먹고 어떤 기분을 느끼느냐에 따라 하루를 대하는 태도도 달라질 수 있다. 누군가는 고급 요리를 먹으며 만족을 느끼겠지만 때로는 단순하면서도 추억이 깃든 음식이 더 큰 의미를 지닌다. 놀랍게도 한 나라의 대통령들조차도 마찬가지였다. 그들이 권력의 정상에 서 있었어도 화려한 만찬 대신 떠올린 음식은 비름나물, 라면, 곰탕, 꿀 찍은 가래떡 같은 소박한 한 끼였다.

그들의 식사는 단순한 취향을 넘어 리더십의 본질을 묻는 하나의 상징이 된다. 권력과 명예, 부는 사람의 마음을 완전히 채워주지 못한다. 그 빈틈을 채우는 것은 결국 한 그릇의 따뜻한 국물, 손으로 찢은 김치, 어릴 적 엄마가 차려준 밥상 같은 지극히 일상적이고 인간적인 장면들이다. 이처럼 소박한 기억을 간직한 지도자는 국민의 삶을 상상할 수 있는 사람이다. '나도 한때 그랬다'는 공감의 기억이 정책 판단과 리더십에 깃든다면, 그것이야말로 진짜 정치의 출발점이 될 것이다. 그리고 우리 역시 삶을 돌아보며 작고 평범한 일상에서 의미를 발견하고 소중히 여길 줄 아는 태도를 가져야 하지 않을까.

국가 보상과
그 이면의 갈등

2024년 겨울, 첫눈이 내리던 날. 국내 4대 그룹 홍보팀 간부들과 여의도에서 점심 미팅을 마친 뒤 지하철역으로 향하던 길이었다. 길을 따라가던 중 한 아파트 단지가 눈에 들어왔다. 재개발 이슈로 뜨거운 이곳에는 국내 유명 건설사가 내건 현수막과 피켓이 곳곳에 걸려 있었다. 한 주민이 손으로 턱을 쓸어내리며 현수막을 유심히 바라보더니, 고개를 끄덕였다.

"곧 재개발이 진행될 것 같네요."

내 말에 기업 홍보팀 간부가 대답했다.

"여기 땅값이 상당히 비싸죠. 기존 주민들 보상안 마련하는 데 엄청난 비용이 들 겁니다. 수천억 원이 들어갈 수도 있어요."

여의도의 이 단지뿐만 아니라, 국가나 지방자치단체가 주관한 개발 사업으로 인해 철거될 운명에 놓인 지역은 전국 곳곳에 존재한다. 기존 주민들은 국가 개발이라는 명목 아래 살던 곳을 떠나야 한다. 보상금을 받고 새로운 터전을 찾아야 하지만, 문제는 단순히 이사하는 것만이 아니다. 기존의 생활 방식이 바뀌고 직장과의 거리도 달라지며 오랫동안 함께해 온 이웃과의 관계도 끊긴다. 이삿짐을 꾸리는 것 이상으로 삶 전체가 변화해야 한다. 이러한 변화 속에서도 가장 큰 문제는 돈이다. 만약 국가가 제시한 보상금이 자신의 손실보다 적다고 느껴진다면 주민들은 국가를 상대로 소송을 제기하거나 법적 테두리를 벗어난 시위에 나서기도 한다. 일부는 극단적인 선택을 하기도 한다. 대표적인 사례가 2008년 숭례문 방화 사건이다.

숭례문을 태운 한 남자의 분노

2008년 2월 10일, 우리나라 국보 1호 숭례문이 화재로 소실됐다. '나의 문화유산 답사기'로 유명한 유홍준 당시 문화재청장도 이 사건의 책임을 지고 사임했다. 방화범 채 모 씨는 철학관을 운영하던 남성이었다. 그는 정부의 택지 개발 보상에 불만을 품고 있었다. 건설사는 그의 땅과 건물에 대한 보상금으로 9,680만 원을 제시했지만, 채 씨는 4~5억 원을 요구했다. 결국 법정 공방 끝에 1억 5천만 원으로 합의가 이루어졌지만 그는 이를 받아들이지 않았다. 보상을 둘러싼 갈등이 깊어지자 결국 그의 건물은 강제 철거됐다. 이에 분노한 그는 국가에 대한 보복으로 숭례문에 불을 질렀다.

범행 다음 날 숭례문은 심각한 피해를 입었다. 2층 누각의 90%, 1층의 10%를 제외한 대부분이 소실됐다. 이후 5년 5개월간의 복원 공사를 거쳐 숭례문은 다시 세워졌지만 그날의 사건은 대한민국 역사에 깊은 상처를 남겼다. 이후 숭례문은 특별 개방 행사가 아니면 2층 누각을 개방하지 않는다. 이 사건은 개인의 불만이 어떻게 극단적인 행동으로 이어질 수 있는지를 보여준 사례였다. 하지만 집단적인 반발이 일어나면 상황은 더욱 심각해진다. 그 대표적인 예가 바로 2009년 용산참사다.

국가와 시민의 충돌, 용산참사

용산참사는 국가 보상 문제로 인해 벌어진 대한민국 현대사의 가장 비극적인 사건 중 하나다. 2009년 1월 20일, 서울 용산구 한강로2가 남일당 건물 옥상에서 철거민들이 점거 농성을 벌였다. 이들은 재개발로 인해 생계 터전을 잃게 된 세입자들이었다. 전국철거민연합회 회원들도 이들과 함께했다.

검찰 공소사실에 따르면 철거민들은 화염병과 돌을 던지며 철거 반대 시위를 벌였고, 경찰은 물대포를 사용하며 진압에 나섰다. 경찰특공대는 컨테이너에 탑승한 채 크레인으로 끌어올려 강제 진압을 시도했다. 바로 그 순간, 건물 3층과 5층에서 불길이 치솟았다. 옥상으로 대피했던 철거민들은 빠져나오지 못했고, 현장을 지켜보던 가족들은 "사람 다 죽는다!"며 절규했다. 결국 철거민 5명과 경찰 1명, 총 6명이 사망하는 비극으로 사건은 마무리되었다. 당시 나는 중학교 1학년이었다. 뉴스에서 본 충격적인 장면이 지금도 기억에 선명하다. 국가가 주도한 개발로 인해 사람의 목숨이 위협받는 일이 벌어질 수도 있다는 사실이 어린 나에게조차 큰 충격으로 다가왔다.

국가와 시민, 더 나은 조율이 필요하다

모두를 100% 만족시킬 수 있는 보상안은 존재하지 않는다. 합의란 타협의 결과이며, 언제나 불만을 가진 사람은 있기 마련이다. 그러나 숭례문 방화 사건이나 용산참사는 단순한 불만을 넘어 극단적인 행동으로까지 이어진 갈등이었다. 이는 국가와 시민 간의 보상 과정에서 더욱 세심하고 정밀한 조율이 필요함을 시사한다.

법과 제도 속에서 개인은 언제나 국가보다 상대적으로 약자의 위치에 있다. 특히 국가가 제시하는 보상안은 당사자의 손실을 100% 반영하지 못하는 경우가 많고, 이러한 과정에서 충분한 소통이 이루어지지 않을 때 갈등은 격화된다. 보상의 문제는 단순한 금전적 보전이 아닌 국가가 시민들의 목소리를 얼마나 진정성 있게 듣고 반영하는지에 대한 신뢰의 문제이기도 하다.

국가는 단순히 법과 규정에 따라 보상안을 제시하는 것에서 나아가 시민들이 체감할 수 있는 실질적인 협상과 조정 과정을 마련해야 한다. 불만을 품은 민간인이 극단적인 선택을 하지 않도록 공감과 소통을 바탕으로 한 해결책을 제시해야 한다. 더 이상 대한민국에서 제2의 숭례문 화재나 용산참사 같은 비극이 반복되지 않기를 바란다. 그것은 단순히 또 다른 사건을 막는 것이 아니라 국가와 시민이 함께 신뢰를 쌓아가고 더 나은 조율과 협력을 통해 사회적 갈등을 해결하는 성숙한 민주주의로 나아가는 길이기 때문이다. 국가가 시민을 믿고 시민이 국가를 신뢰할 수 있는 사회. 그것이 우리가 함께 만들어가야 할 대한민국의 미래이다.

성장과 규제 사이,
기업의 딜레마

"물론 법을 지켜야죠. 그런데 때로는 법이 너무 잔인할

　정도로 앞을 가로막을 때가 있어요."

　얼마 전 점심 자리에서 만난 국내 한 대기업 관계자의 말

이다. 그는 기존 주력 산업이 아닌 새로운 미래 산업 분야

에 진출하려 했지만, 촘촘하고 복잡한 법과 규제 때문에

사업 초기 단계부터 큰 제약을 받고 있다고 토로했다. 규제

샌드박스와 같은 완화 제도가 도입되었지만 혜택이 '콩고물'

수준에 불과하다고 한다.

　정부 역시 규제 혁신과 기업 친화적 환경 조성을 위해 다

양한 제도적 시도를 이어오고 있다. 특히 문재인 정부 이후

이어진 규제 샌드박스 제도는 일종의 실험실처럼 새로운 산

업의 가능성을 시험할 수 있는 틀을 제공한다는 점에서 주목받았다. 하지만 최근 정치적 혼란과 정국 불안정 등으로 인해 정책 추진력이 약화되면서 기업 현장에서 체감되는 효과는 여전히 미미하다는 지적이 많다. 더 큰 문제는 기업들이 뛰어들고자 하는 이 신산업 분야가 단순한 기술 변화가 아닌 향후 국가 경쟁력을 좌우할 '핵심 산업'이라는 데 있다. 인공지능, 바이오, 친환경 에너지, 모빌리티 등은 세계 시장에서 이미 치열한 주도권 다툼이 벌어지고 있고 글로벌 대기업들은 속도와 유연성을 무기로 시장을 선점하고 있다. 이런 상황에서 국내 기업들이 제도적 장벽에 발목이 잡힌다면 글로벌 경쟁에서 뒤처질 수밖에 없다.

기업은 단순한 이익 창출의 주체를 넘어 한 국가의 산업을 움직이고 고용과 기술, 수출을 이끌어가는 경제 생태계의 핵심 축이다. 특히 수출 의존도가 높은 대한민국의 구조상, 기업이 흔들리면 곧 국가 경제가 흔들린다는 인식이 강하다. 대표적으로 삼성전자의 반도체는 '산업의 쌀'이라 불릴 만큼 국가 전체의 수출 구조와 기술 기반을 떠받치고 있다. 그럼에도 불구하고 한국 사회는 오랜 기간 기업의 '성장'에만 집중해왔다. 2000년대 초반까지만 해도 기업의 부정부패, 분식회계, 불투명한 경영구조보다 중요한 것은 '어떻게 더 크게, 더 빠르게' 회사를 키울 것인가였다. 법과 절차는 후순위였고, 내부 노동자들의 권익은 '성과'라는 이름 아래 밀려나기 일쑤였다.

지금은 시대가 바뀌었다. 과거와 달리 기업의 성장 과정 속 '사회적 책임'과 '지속가능성'이 더욱 중요하게 여겨지는 시점이다. 하지만 여전히 현장에선 성장을 위한 발걸음을 옮기기도 전에 수많은 규제와 행정 절차에 가로막혀 숨이 막힌다는 호소가 이어지고 있다.

외환위기와 준법 감시의 전환점

1960~70년대 박정희 정부 시절, '기업이 커야 나라가 크다'는 구호 아래 대대적인 경제개발계획이 본격적으로 추진되었다. 정부는 자원과 자본이 턱없이 부족한 상황에서 기업을 국가 재건의 핵심 축으로 삼고 집중적으로 키우는 전략을 택했다. 대표적인 사례가 바로 포항제철(현 포스코)이

다. 일본과의 외교 정상화 과정에서 확보한 식민지 배상금으로 건립된 이 제철소는 당시로서는 국가의 명운이 걸린 프로젝트였다. 박태준 초대 사장은 전 직원들을 영일만에 불러 모아 "이 사업이 실패하면 우리 모두 이 바다에 몸을 던지자"며 절박한 각오를 다졌다. 당시에는 그만큼 실패가 용납되지 않는 국가 생존과 직결된 사업이었다.

당시 한국 사회는 말 그대로 '가난' 그 자체였다. 끼니를 걱정하고 학비가 없어 학교를 포기하는 것이 일상이었다. 기업은 단순한 경제 주체를 넘어 국가의 미래이자 국민들의 희망으로 여겨졌다. 따라서 그 과정에서 기업 윤리나 사회적 책임을 묻는 일은 '사치'에 가까웠다. 감시와 규제는 당장의 먹고사는 문제 앞에 우선순위가 아니었던 것이다. 하지만 시간이 흐르며 상황은 달라졌다. '한강의 기적'이라 불리는 고도 성장기를 거치며 국민소득이 1만 달러를 돌파하고 한국은 세계 경제에서 무시할 수 없는 중견국으로 발돋움했다. 이와 함께 기업의 사회적 책임, 투명성, 노동자 권익 보호 같은 가치들도 점차 중요해지기 시작했다.

그 전환점을 분명히 보여준 사건이 바로 1997년 외환위

기다. 당시 정부는 기업의 산업 진출을 방임하고 있었고 기업들은 경쟁적으로 확장을 시도했다. 유사한 산업에 여러 대기업이 중복 투자하면서 수익성은 낮아졌고, 외형은 컸지만 실속은 없는 구조가 고착되었다. 무엇보다 대부분의 사업 자금이 자체 자본이 아닌 금융기관에서 빌린 돈으로 이뤄졌다는 점이 치명적이었다. 이로 인해 재계 순위 14위였던 한보그룹이 무너지자, 줄줄이 대기업들이 연쇄 도산했고 국가 경제는 순식간에 마비됐다. 한국은 국제통화기금(IMF)의 구제금융을 요청해야 했고 국민들은 전례 없는 경제위기를 겪게 되었다. 당시 IMF 총재 미셸 캉드쉬는 "한국은 눈앞의 위기를 애써 외면하고 있다"고 직설적으로 지적하며 '내실 없는 성장'과 '통제되지 않은 기업 구조'를 강하게 비판했다. 이 사건은 우리 사회에 뼈아픈 교훈을 남겼다. 기업의 성장은 반드시 '건전한 내부 통제'와 '지속 가능한 시스템' 위에 이뤄져야 한다는 자각이었다.

그리고 다시 한 번 한국 사회에 '준법 감시'가 화두로 떠올랐다. 2019년 이재용 삼성전자 회장의 국정농단 사건 재판이었다. 대법원은 사건을 파기환송하며 서울고등법원으로 넘겼고, 재판부는 이 회장에게 '준법감시제도'를 도입하라고 권고했다. 양형 조건으로 제시된 이 제도는 사실상 기업 내부의 윤리성과 통제력을 법원이 공식적으로 요구한 첫 사례였다. 이에 따라 삼성은 이듬해인 2020년 초 '준법감시위원회'를 설립했고, 초대 위원장으로 김지형 전 대법관을 선임했다. 위원회는 투명한 운영을 강조하며 이 회장에게 경영권 승계 논란과 관련해 국민 앞에 사과할 것을 권고했다. 이에 이 회장은 "제 아이들에게 경영권을 물려주지 않겠다"며, 삼성의 승계 구조에 대한 근본적 재검토 의지를 밝혔다. 하지만 이러한 조치에도 불구하고 법원은 위원회의 활동을 실질적으로 판단했을 때 실효성이 부족하다고 판단했고, 결국 이 회장에게 징역 2년 6개월의 실형을 선고했다. 그는 353일간 복역한 뒤 사면을 받았다.

이 사례는 한국 사회에서 '준법 감시'의 필요성과 한계를 동시에 보여준다. 단순한 형식이 아닌 진정성과 지속 가능성이 담보되지 않으면 준법 시스템은 사회와 사법부 모두에게 설득력을 갖기 어렵다. 기업이 진정한 국민의 신뢰를 얻기 위해서는 외형 성장뿐 아니라 투명한 시스템과 책임 있는 행동이 함께 이뤄져야 한다는 강력한 메시지다.

준법 감시, 이제는 기업의 필수 조건

기업에 있어 준법 감시는 양날의 검이다. 사업 확장이나 혁신을 제약할 수 있다는 우려도 있지만, 동시에 법과 윤리를 지키며 사회적 신뢰를 확보할 수 있는 최소한의 안전망이기도 하다. 최근 카카오도 '준법과 신뢰 위원회'를 출범시키며 준법 경영에 나서고 있다. 초기에는 '솜방망이'라는 비판도 있었지만, 점차 준법 시스템을 고도화하고 구체적 활동을 통해 변화를 모색하고 있다. 이러한 변화는 단순히 한 기업의 전략적 선택이 아니라 사회 전체가 요구하는 시대적 흐름의 반영이기도 하다. 문제는 여전히 많은 기업들이 자발적으로 준법 감시 체계를 도입하지 않고 있다는 점이다. 사법부나 정부의 압박이 있어야만 움직이는 게 현실이다. 하지만 시대는 분명 달라졌다. 국민은 이제 더 이상 기업의 '규모'나 '실적'에만 주목하지 않는다. 과정이 공정했는가, 결과가 사회 전체에 이익을 주었는가를 묻고 있다.

　　과거 외환위기와 같이 '성장만을 좇다 균열이 발생하는 위기'는 언제든 반복될 수 있다. 특히 기술 변화가 빠르고 글로벌 시장이 촘촘히 연결된 오늘날, 하나의 위기나 비윤리적 행위는 순식간에 기업의 존립을 흔들 수 있다. 삼성, 카카오 등 선두 기업들이 보여준 사례는 준법 경영이야말로 위기를 예방하고 지속 가능성을 확보하는 전략적 자산이라는 사실을 보여준다. 이제 우리는 기업의 '성장'뿐 아니라 그 방식과 가치에도 주목해야 한다. 법을 지키고 윤리를 존중하며 사회 전체와 함께 성장할 수 있는 구조를 만드는 것. 그것이 기업의 생존 전략이자 우리 모두의 미래를 위한 기초가 되어야 한다.

지방은 정말 지역균형발전을
원하는 걸까

"대한민국, 어디서나 살기 좋은 지방시대."

역대 어느 정부를 막론하고 강조했던 가치가 있다. 바로 지역균형발전과 수도권 과밀화 해소다. 수도권 집중 현상을 해소하고 지방에서도 경제적·정치적 기회를 확대해 전국 어디서든 양질의 삶을 영위할 수 있도록 하는 것이 그 목적이다. 이를 통해 지방에서도 양질의 일자리와 경제·정치적 기회를 제공하여, 수도권 주민들이 "이 정도면 지방에 사는 것도 나쁘지 않다"라고 느끼게 하는 것이 목표다.

그러나 정작 지방은 이러한 변화를 얼마나 적극적으로 받아들이고 있을까? 정부 주도로 진행되는 균형발전 정책이 실질적으로 지방 주민들의 기대와 맞아떨어지고 있는지

에 대한 의문도 존재한다. 수도권의 기회와 인프라를 지방
으로 옮기는 과정에서 "과연 지방은 진정으로 지역균형발
전을 원하고 있는가?"라는 질문이 자연스럽게 따라온다.

지역균형발전 정책과 갈등의 역사

우리나라는 오랫동안 지역 간 경제적 격차로 인한 갈등
을 겪어왔다. 박정희 정부 시절, 경부고속도로 건설과 주요
산입단지 조성 등 국가 경제 인프라가 대부분 영남 지역에
집중되면서 상대적으로 소외된 호남 지역에서는 "정치적
성향에 따라 경제적 기회에서도 차별을 받는다"는 불만이
쌓여갔다. 이에 대한 균형 조치로 김대중 정부는 호남 지역
에 대한 경제적 지원을 강화했다. 대표적인 사례로 2002년
월드컵 8강전이 열렸던 광주월드컵경기장 건립과 호남고속
도로 확장이 있다. 그러나 이를 바라보는 영남 지역의 시선
은 곱지 않았다.

2000년 16대 총선 당시, 부산 북·강서을 지역구에 출마
했던 허태열 전 청와대 비서실장은 같은 지역구에서 출마

한 노무현 후보를 겨냥해 "노무현 후보가 낙선해야 김대중 정권이 부산 죽이기를 멈출 것입니다!"라는 발언을 했다. 이는 지역 감정을 자극하는 요소로 작용했으며, 허태열 후보는 결국 당선되었다. 이처럼 우리나라의 지역균형발전 정책은 특정 지역에 대한 배려가 다른 지역에서는 역차별 논란으로 이어지는 악순환을 반복해 왔다.

2002년, 대통령에 당선된 노무현 전 대통령은 지역균형발전을 국정 과제의 최우선 순위로 삼았다. 그 결과 충남 연기리(현 세종특별자치시)에 정부 부처를 이전하는 행정도시 건설을 추진했다. 산업통상자원부, 공정거래위원회, 소방청, 기획재정부 등 주요 중앙정부 기관이 세종시로 이전하면서, 세종시는 서울·광역시·특례시를 제외한 지방 도시 중 가장 성장한 도시가 되었다. 그러나 노무현 정부가 한발 더 나아가 세종시를 행정수도로 공식 지정하려는 계획을 추진하자, 2004년 헌법재판소는 '관습헌법상 위헌'이라는 판결을 내렸다. 헌재는 수도 이전을 위해서는 국회의원 3분의 2 이상 찬성과 국민투표 과반 찬성이 필요하다는 논리를 내세웠다. 결국 수도권에 집중된 권력을 지방으로 분산하려던 시도는 헌법적 제약과 정치적 이해관계 속에서 좌초되었고 한국의 지역균형발전 정책은 여전히 정치적 갈등과 지역 감정 속에서 제대로 정착하지 못하는 숙제를 안게 되었다.

지역균형발전의 명암

지역 공항 건설은 지역균형발전의 대표적인 사례로 꼽힌다. 현재 국내에서 건설이 추진 중인 공항만 해도 대구경북 신공항과 가덕도 신공항, 총 2곳에 달한다. 공항이 건설되면 지역 경제 활성화와 부동산 가치 상승을 기대할 수 있기에 주민들은 공항 건립을 원한다. 그러나 현실은 다르다. 현재 국내에는 7개의 지방 공항이 운영되고 있지만, 이 중 흑자를 기록하는 공항은 김해공항, 제주공항, 김포공항 단 3곳뿐이다. 나머지 공항은 모두 적자 상태다. 업계에서는 이를 두고 "김해·제주·김포가 나머지 공항을 먹여 살린다"는 말이 나올 정도다. 경제적 타당성이 부족한 공항이 지역 표심을 잡기 위한 정치적 도구로 활용되면서 오히려 국가 경제에 부담이 되고 있는 것이다.

　대표적인 사례가 이명박 정부의 경남 밀양 신공항 공약이다. 이명박 전 대통령은 대선 후보 시절 김해공항 이용객 증가에 대비해 밀양에 신공항을 건설하겠다고 약속했다. 그러나 경제성 평가(BC 분석)에서 투입 비용 대비 효과가 1을 넘지 못했다. 즉, 투자 대비 본전을 뽑을 수 없는 사업이라는 결론이 나왔다. 결국 이명박 전 대통령은 자신이 직접 내세운 공약을 철회하며 사과해야 했다.

　이러한 사례는 지역균형발전이 단순히 인프라를 확충하는 것만으로는 해결되지 않음을 보여준다. 경제적 타당성과 장기적인 운영 계획 없이 무분별하게 추진되는 사업은 오히려 지방 발전을 저해할 수 있다. 이쯤에서 가장 근본적인 질문을 던져보자.

　"정말 지방은 지역균형발전을 원하는 걸까?"

　최근 대구경북통합신공항 내 화물터미널 입지 문제를 두고, 홍준표 대구시장과 지역 의원들이 국회에서 고성과 설전을 벌였다. 또한 2022년, 대구 달서구에 대구신청사를 짓기로 한 계획을 두고 홍 시장과 대구시의회가 정면 충돌하는 사태가 벌어졌다. 김해신공항 검증 과정에서도 부산시와 경상남도가 입장을 달리하며 갈등이 심화되었다. 각 지역이 자기 이익을 우선하며 하나의 목표 아래 단합하지 못하는 모습을 보인 것이다.

지역균형발전의 본래 취지는 수도권과 지방 간의 격차를 해소하는 것이다. 그러나 현실에서는 각 지방이 '우리 지역만 잘되면 된다'는 태도로 각자도생(各自圖生)하고 있다. 지방 내부에서도 서로 간의 갈등이 심화되면서 정작 지역균형발전을 위해 힘을 모으기는커녕 분열만 가중되고 있다.

균형발전, 지방 스스로 변화해야 한다

지역균형발전이 성공하려면 지방은 수도권에 있는 인구와 자본을 유치할 수 있도록 보다 확실한 보상책을 제시해야 한다. 그러나 이를 실현하기 위해서는 막대한 재원이 필요하며, 결국 지방 정부는 중앙정부의 지원에 의존할 수밖에 없다. 하지만 수도권 기득권을 쥐고 있는 중앙정부가 이를 쉽게 내려놓을까?

더 큰 문제는 지방 내부의 분열이다. 각 지역이 "우리 지역만 잘 살면 된다"는 태도로 각자도생을 선택한다면 중앙정부가 과연 순순히 권한을 이양할까? 지역균형발전이 실현되려면 지방이 하나의 목소리를 내고 중앙정부를 설득할 논리와 근거를 마련해야 한다. 그러나 현실은 정반대다. 현재 지방은 목표 없이 분열되어 있고, 균형발전을 위한 협력보다 내부 갈등과 이해관계에 더 얽혀 있다. 지역균형발전이란 단순히 정부의 지원을 받는 것이 아니라 지방 스스로 변화하고 자립할 수 있는 환경을 조성하는 것이 핵심이다. 중앙정부에만 기대면서 수도권의 기득권을 내려놓으라고 요구하는 것이 과연 온전한 해결책이 될까? 균형발전을 원한다면, 먼저 지방이 변화해야 한다.

미처 놓치고 있던
우리 주변의 소중한 것

부모님의 노후 준비를 위해 토지를 알아볼 겸, 바람도 쐴 겸 강원도 홍천을 찾았다. 여러 부동산을 둘러보던 중 홍천 시내의 한 부동산을 방문하게 됐다. 아버지께서 노후 별장을 지을 땅을 찾고 있다고 하자, 부동산 사장님은 몇 개의 후보지를 추천하며 그중 하나를 보여주겠다고 했다. 직접 차를 몰고 우리를 안내한 그는 산기슭에 자리 잡은 볕 좋은 땅을 소개하며, 아직 정리가 덜 됐지만 하루이틀 동안 땅을 고르고 마사토를 깔면 깔끔해질 거라고 설명했다.

하지만 눈앞에 펼쳐진 풍경은 예상과 달랐다. 바로 아래쪽에는 채소를 재배했던 흔적이 그대로 남아 있었다. 말라비틀어진 파와 채소 잎이 땅에 널브러져 있었고 발이 푹푹

빠질 만큼 부드럽게 다져진 토양은 분명 얼마 전까지 농지로 사용됐음을 짐작하게 했다. 이를 본 아버지가 "이 땅은 원래 농지 아닌가요?"라고 묻자, 부동산 사장님은 "아뇨, 용도 변경을 거쳐서 판매할 겁니다. 요즘 누가 농사 지으려고 땅을 보러 다닙니까. 다 옛날 얘기죠."라며 말끝을 흐렸다. 짧은 대화였지만, 그 속에는 농촌의 현실이 고스란히 담겨 있었다. 도시화와 산업화가 진행될수록 농지를 지키고 가꾸는 사람들은 점점 줄어들고 농사보다는 개발과 투자가 더 우선시되는 흐름이 자리 잡고 있었다. 밭이 사라지고 논이 공터로 변하는 광경이 낯설지 않은 시대가 된 것이다.

농촌이 사라지는 현실, 그리고 식량안보

도시화가 가속화되면서 지방의 젊은 인재들은 더 많은 기회와 높은 임금을 찾아 수도권으로 몰려들고 있다. 이로 인해 시골에서는 농업을 비롯한 1차 산업이 점점 설 자리를 잃어가고 있다.

농업은 많은 노동력과 체력을 필요로 하는 직업이다. 농촌의 주축이 된 고령층이 일을 지속하기 어려워지면, 우리가 매일 식탁에서 마주하는 농산물의 생산량도 자연스럽게 감소할 수밖에 없다. 이는 단순한 농업 문제를 넘어 국가 경제와 국민의 생존과 직결된 식량 문제로 이어진다. 일각에서는 "어차피 국내 농산물보다 수입 농산물이 더 저렴한데, 그게 무슨 문제냐"는 반응을 보이기도 한다. 그러나 이는 단순한 가격 논리를 넘어 국가 경제와 식량안보를 위협할 수 있는 위험한 발상이다.

유엔세계식량안보위원회(CFS)에 따르면, 식량안보(Food Security)란 "모든 사람이 언제, 어디서든 충분하고 안전하며 영양가 있는 음식을 물리적·사회적·경제적으로 안정적으로 확보할 수 있는 상태"를 의미한다. 즉, 전쟁이나 자연재해 같은 비상 상황에서도 국민이 안정적으로 식량을 공급받을 수 있는 능력을 말한다. 이를 조금 더 직설적으로 표현하면, "외국의 식량 공급에 의존하지 않고, 국내에서 자체적으로 식량을 확보할 수 있는 역량"이라 할 수 있다.

식량안보가 중요한 이유는 단순하다. 인간이 생존하는 데 필수적인 요소인 의·식·주 중에서 식량은 집보다 중요한 두 번째 요소로 꼽힌다. 의복이나 주거 환경이 불편하더라도 삶을 살아갈 수 있지만, 먹을 것이 없다면 생존 자체가 불가능하기 때문이다. 만약 국내 농업이 쇠퇴하고 식량을 대부분 해외 수입에 의존하게 된다면 심각한 문제가 발생할 수 있다. 처음에는 저렴한 가격으로 식량을 공급하던 수출국이 점차 가격을 인상하고, 자연재해·기후 변화·전쟁 등의 이유로 생산량이 줄어들면 국내 수입량도 급감한다. 그 결과 식량 공급이 불안정해지고 물가가 급등하면서 경제적 위기가 초래될 것이다.

이 시나리오는 단순한 가정이 아니다. 불과 10여 년 전 동남아시아에서 실제로 발생한 사례다. 2008년, KBS 대기획 〈쌀을 포기한 대가〉에서는 필리핀의 사례를 조명했다. 필리핀은 원래 쌀을 자급자족하는 국가였지만, 급속한 도시화로 인해 많은 농민이 농업을 포기하면서 결국 쌀을 외국에서 수입하는 구조로 변했다. 그러나 2008년 베트남 북부에서 한파가 발생하며 쌀 생산량이 급감했고, 베트남 정부는 자국 내 공급을 위해 쌀 수출을 제한했다. 필리핀도 예외는 아니었다. 당시 필리핀 식량청(NFA) 홍보국장은 인터뷰에서 이렇게 말했다.

"주요 쌀 수출국들이 필리핀으로의 쌀 수출을 제한하고 가격을 인상시킨 적이 있다. 우리는 식량안보를 위해 그들이 요구하는 가격을 들어줄 수밖에 없었다. 그런데도 필요한 쌀을 충분히 확보하지 못했다."

이 사건은 우리나라에도 중요한 시사점을 남겼다. 식량을 안정적으로 공급할 수 있는 농업 시스템이야말로 국가경제를 유지하는 필수 요소라는 점이다.

우리 곁에 있지만 잊힌 농업인들

내 아버지는 농사를 짓던 할아버지 밑에서 자랐다. 학교 방학이면 할아버지를 도와 밭에서 일손을 거들었고, 지금도 집에서 함께 시간을 보낼 때면 "그때 어떻게 농사를 지었는지"를 이야기하곤 한다. 그만큼 농업은 우리 바로 윗세

대까지만 해도 가장 중요한 국가 기간산업이었다. 그러나 지금 농촌은 점점 사라지고 있다. 농업을 잃는다는 것은 단순한 산업의 변화가 아니라 우리의 먹거리 주권을 포기하는 것과 다름없다.

정치인들은 선거 때마다 농업 현장을 방문하며 "농업인의 고충을 청취했다"는 메시지를 남긴다. 하지만 정작 농업인들을 위한 실질적인 정책은 부족한 것이 현실이다. 지원책을 논의하는 자리에서 농업은 늘 후순위로 밀려나고 있다.

우리가 매일 먹는 쌀 한 톨, 채소 한 줌이 어디에서 오는지, 그것을 키운 사람들이 어떤 환경에서 일하고 있는지 돌아봐야 한다. 농업을 단순한 '낡은 산업'으로 치부할 것이 아니라, 지속 가능한 미래 산업으로 발전시키는 방향을 모색해야 한다. 정부와 기업은 단기적인 이익이 아닌 장기적인 국가 안보의 관점에서 농업을 바라봐야 하며, 정책적으로도 농업의 가치를 보존하고 강화할 방안을 마련해야 한다. 우리의 식탁 위 먹거리는 결코 '당연한 것'이 아니기 때문이다.

민주화 역사를 함께한
명동성당

코로나19 엔데믹 이후, 사회적 거리두기와 마스크 착용 의무가 사라지면서 명동성당 일대는 다시 활기를 되찾았나. 한때 팬데믹으로 인해 주말에도 한산했던 거리는 이제 서울에서 가장 붐비는 장소 중 하나가 되었다. 명동역에서 명동성당까지 가는 데만 30분이 넘게 걸릴 정도였다. 크리스마스가 다가올수록 더 많은 인파가 몰릴 것이 불 보듯 뻔했다. 인파를 헤치고 도착한 명동성당에는 다양한 국적의 사람들이 모여 있었다. 흑인, 백인뿐만 아니라 히잡을 쓴 아랍권 여성들도 붐비는 도시 한가운데 우뚝 선 성당을 신기한 눈빛으로 바라보고 있었다.

성당 안으로 들어서자 의자에 앉아 두 손을 모아 기도하는 사람들이 눈에 들어왔다. 조용히 중앙으로 향하니 TV

에서 보았던 십자가가 놓인 공간이 보였다. 그리고 그곳에 섰던 한 인물이 떠올랐다. 바로 자신을 "바보"라 불렀던 故 김수환 추기경. 그리고 그가 지켜보았던 역사적 순간들이 스쳐 지나갔다.

명동성당과 한국 민주화의 역사

명동성당은 단순한 종교적 장소를 넘어선 대한민국 민주주의와 인권, 그리고 사회정의를 대표하는 상징적인 공간이었다. 그 대표적인 사례 중 하나가 바로 1997년 제15대 대선 직후 열린 김대중 대통령 당선 축하 미사다. 당시 김대중 대통령은 선거 과정에서 경쟁했던 상대 후보 이회창 한나라당 후보를 초청했다. 이는 선거로 인한 갈등을 해소하고 화합을 이루고자 하는 의미였다.

그 자리에서 김대중 대통령은 이렇게 말했다.

"제가 쉽게 이회창 선생을 이길 줄 알았습니다. 그러나 막상 해 보니, 정말 대단한 분이라는 걸 알았습니다.

논리적으로 허점이 없어서 상대하며 혼났습니다. 우리 이회창 선생의 앞날에도 큰 영광이 있길 바라며, 여러분께서 좋으시다면 이회창 선생께 박수 한 번 보내주시길 바랍니다."

그러자 맨 앞에 앉아 있던 이회창 후보는 자리에서 일어나 90도로 몸을 숙여 인사했고, 회중들은 그에게 아낌없는 박수를 보냈다. 이후 두 사람은 김수환 추기경과 함께 손을 맞잡으며 기념사진을 촬영했다.

이 미사 하나만 보더라도 명동성당이 한국 사회에서 민주주의와 화합의 상징적 공간이었음을 알 수 있다. 그러나 명동성당이 민주화의 성지로 불리게 된 결정적 사건은 1976년 3·1 민주구국선언이었다. 당시 명동성당에서 김대중 전 대통령, 윤보선 전 대통령, 문익환 목사 등 민주 인사들은 박정희 정부의 긴급조치 철폐, 민주 인사 석방, 언론·출판·집회의 자유, 대통령 직선제를 요구하며 선언문을 발표했다. 이는 독재정권에 맞선 대표적인 민주화 운동으로 기록되었고, 이 사건으로 인해 김대중 전 대통령은 대법원에서 5년형을 선고받고 진주교도소에 수감됐다.

　면회는 한 달에 한 번, 20분만 허용되었으며 소통할 수 있는 유일한 방법은 편지뿐이었다. 한 장 남짓한 편지에 담고 싶은 말을 적어야 했던 김대중 전 대통령은 잣대를 대며 최대한 작은 크기로 글씨를 썼다. 옥중서신으로 잘 알려진 편지엔 한 장에 1만 자가 넘게 기록된 것도 있었다.

　10·26 사태 후 민주인사에 대한 대대적 석방이 단행되며 풀려난 김대중 전 대통령은 전두환 정부 시절 광주민주화운동을 배후조종했단 의혹으로 군사재판서 사형을 선고받고 다시 감옥에 수감됐다. 하루하루 죽음의 고비와 맞닥뜨리며 두려움·공포와 맞서야 했던 김대중 전 대통령은 독서에 전념했다. 하루 10시간 이상 독서에 전념했다. 독서책을 넣어줬던 이희호 여사는 자서전에서 김대중 전 대통령의 감옥 생활을 이렇게 회고했다.

“나는 지금껏 남편만큼 진지하고 꾸준하게 노력하는 사람을 보지 못했다. 독서와 사색, 신앙에 집중할 수 있었던 감옥은 그의 영혼을 단련하고 살찌운 진정한 대학이었다.”

사형이 무기징역으로 감형된 후, 김대중 전 대통령은 이희호 여사에게 “이제 신학보다는 역사와 철학, 국방 관련 서적을 읽고 싶다”며 책을 부탁했다고 한다. 그는 감옥에서조차 배움을 멈추지 않았으며 민주주의를 위한 사색을 이어갔다.

김대중 전 대통령뿐만 아니라 많은 민주 인사들이 명동성당을 거쳐 갔다. 1987년 6월 전국적으로 확산된 민주화 시위가 절정에 이르던 시점, 전투경찰에 포위된 시위대가 마지막으로 모여든 곳이 바로 명동성당이었다. 당시 경찰은 성당 주변에 대한 물품 반입을 일절 금지했다. 물과 음식조차 들여보낼 수 없었고, 시위대는 극한의 상황에서 저항을 이어갔다. 그 모습을 지켜보던 개성여고 학생들은 자신의 도시락을 시위대에게 몰래 건넸다. 이는 단순한 식사가 아닌, 민주주의를 향한 연대의 표현이었다. 성당 측도 정부의 강경 진압을 우려해 경찰의 진입을 막았고, 성당 내부에 있던 시민들은 ‘폭력 없는 민주화’를 외치며 밤낮으로 버텼다.

결국 1987년 노태우 당시 민주정의당 대선 후보의 6·29 선언이 발표되며 대통령 직선제가 확정되었고, 대한민국 민주주의는 새로운 전환점을 맞이했다. 이 과정에서 명동성당은 민주주의를 지키기 위한 최후의 보루로 자리 잡았고, 이후 '민주화의 성지'로 불리게 되었다.

권력에 맞선 종소리 너머의 민주주의

오늘날 명동성당은 단순한 종교적 공간을 넘어 자유와 정의, 그리고 연대의 상징으로 남아 있다. 수십 년이 흘러 시대는 변했지만, 성당의 벽돌 하나하나, 창문을 타고 드는 햇살, 그리고 정오를 알리는 종소리에는 그날의 간절함과 용기, 그리고 눈물과 희망이 고스란히 스며 있다. 그곳을 찾는 사람들은 단순히 관광객이 아니다. 어떤 이는 묵묵히 기도하고 어떤 이는 말없이 눈시울을 붉힌다. 그들 모두는 각자의 방식으로 잊지 않겠다는 다짐, 그리고 다시 그런 시간이 와도 두려워하지 않겠다는 약속을 품고 성당을 떠난다.

　이처럼 명동성당은 현재를 살아가는 우리가 민주주의와 사람의 존엄을 다시 떠올리게 해주는 '시간의 성소(聖所)'다. 지금 우리가 누리고 있는 권리와 자유가 얼마나 많은 이들의 고통과 연대, 침묵과 외침 위에 세워진 것인지, 다시금 마음 깊이 새겨야 할 때다.

탄핵 정국을
지켜보며

탄핵 정국에서 윤석열 대통령을 비롯해 김용현 전 국방부 장관 등 비상계엄을 주도한 인사들의 주장을 살펴보면 논리적 일관성이 부족하고 명확한 근거 없이 여러 논점을 오가는 모습이 보인다. 이를 두고 '중구난방'이라는 표현을 쓰지 않을 수 없다.

나는 과거 언론중재위원회를 비롯해 신문 기사 관련 재판을 경험한 적이 있다. 사법고시를 준비한 것은 아니지만 헌법과 국회법, 언론법 등을 공부하며 관련 판례를 종종 살펴보곤 한다. 이를 통해 법적 판단이 내려지는 방식에서 일정한 공통점을 발견할 수 있었다. 법적 절차에서 핵심 사안은 가장 먼저 다뤄진다.

원고는 피고가 가장 중대하게 저지른 위법 사항을 서두

에 명시하고, 피고는 이에 대해 논리적 반박을 제시해야 한다. 법정에서 다뤄지는 사안은 본질적인 쟁점이 핵심이며, 세부적인 논점이나 부차적인 요소들은 후순위로 밀린다. 즉, 법적 판단에서 가장 중요한 것은 사건의 본질이고 사소한 논점이나 부가적인 요소들은 크게 고려되지 않는다는 것이다. 그러나 이번 탄핵 심판에서 윤석열 대통령 변호인단은 가장 중요한 핵심 쟁점인 '계엄의 필요성'에 대해 명확한 논거와 신빙성 있는 증거를 제시하지 못하고 있다.

부정선거 논란의 법적 한계

변호인단이 주장하는 중앙선관위 부정선거 의혹은 어디까지나 '의혹'일 뿐, 이를 입증할 만한 구체적인 수사 결과나 법원의 판결은 존재하지 않는다. 비슷한 사례를 들자면, 김경수 전 경남도지사가 2017년 대선 당시 댓글 조작 프로그램 '킹크랩' 운영에 관여한 혐의로 2심에서 징역 2년을 선고받고 구속된 사건이 있다. 그러나 이 사건조차도 투표 자체를 조작한 것이 아니라 온라인 여론을 조작한 행위가 문제의 핵심이었다. 즉, 선거에 영향을 미치기 위한 조작 행위로 판단되어 유죄 판결을 받았지만, 유권자가 직접 행사한 투표 결과를 변조하거나 조작한 것은 아니었다. 이 점에서 보면 윤석열 대통령 변호인단이 주장하는 제22대 총선 부정선거 의혹과 김경수 전 지사의 '킹크랩' 사건을 동일 선상에 놓고 비교하는 것은 법리적으로 성립하지 않는다.

게다가 김경수 전 지사의 '킹크랩' 사건은 2017년 대선에서 당선된 문재인 전 대통령 집권 중에 수사가 이루어졌으며, 이를 맡았던 허익범 특검 역시 문재인 대통령이 최종 임명했다. 이를 고려하면 정권에 의해 사건이 은폐되거나 조작된 것이 아닌 법적 절차에 따라 수사가 진행되었음이 명확하다. 결과적으로 윤석열 대통령 변호인단이 제22대 총선의 부정선거 의혹을 탄핵 심판에서 주요 논거로 삼는 것은 논리적 비약이며 법적 판단의 핵심을 벗어난 주장일 가능성이 크다.

법적 정당성 문제

계엄 당시 국회에 병력이 투입된 것과 관련해, 정형식 헌법재판관은 "야당의 행태와 병력 투입 간에 어떤 상관관계가 있느냐"라고 질문했다. 하지만 이에 대해 윤석열 대통령 변호인단은 명확한 논리를 제시하지 못했다. 정형식 재판관의 질문은 야권이 정부 예산안을 대폭 삭감하거나, 정부 법안을 제대로 처리하지 않는 상황과 군 병력 투입 사이에 어떠한 연관성이 있는지를 묻는 것이었다. 즉, 야당이 정부의 정책을 반대하거나 예산 처리를 지연시킨다는 이유만으로 군을 동원할 수 있는지, 그리고 그것이 법적으로 정당한 조치인지를 따진 것이다.

헌법재판소가 이번 탄핵 심판에서 가장 중점적으로 검토하는 부분은 계엄 선포의 절차적 정당성과 법적 타당성이다. 하지만 윤석열 대통령 변호인단은 이러한 핵심 쟁점에 대해 구체적인 증거나 논리를 제시하는 대신, 선거 부정 의혹과 같은 본질적인 문제와 거리가 먼 주장들을 반복하며 논점을 흐렸다. 이러한 변론 전략은 단순한 방어를 넘어 핵심 쟁점을 회피하고 있다는 인상을 강하게 남긴다. 법적 정당성이라는 명확한 기준 앞에서 회피와 논점 흐리기는 더 이상 유효한 전략이 아니다. 변호인단이 애써 쌓아 올린 논리는 스스로의 모순 속에서 무너지고 있으며 그 공백을 국민의 냉철한 시선이 채우고 있다. 법과 정의는 어떠한 정치적 계산보다 더 견고한 힘을 가진다는 것을, 역사는 늘 증명해 왔다.

세계 사형 폐지의 날에 돌아본
사법부의 암면

10월 10일은 비정부단체기구(NGO)와 지방정부 연대체인 세계 사형반대연합이 제정한 세계 사형 폐지의 날이다. 국가가 '사회 안정 유지'라는 명목 아래 한 사람의 목숨을 빼앗는 사형 제도 폐지를 촉구하기 위해 제정됐다. 사형 제도의 궁극적인 목적은 사회 불안을 조성하고 치안과 질서를 위협하는 범죄자를 사회로부터 완전히 격리함으로써 범죄 억지력을 강화하는 데 있다. 즉, 타인의 자유와 안전을 위협하면 생명권을 박탈당할 수도 있다는 경각심을 심어주는 것이다.

그러나 사형제의 존폐를 둘러싼 논쟁은 여전히 현재진행형이다. 국제앰네스티 한국지부와 참여연대를 비롯한 10여 개 단체는 공동 성명을 통해 '국회와 정부가 생명 존중 가치를 다시 한번 깊이 새기고 사형제 폐지란 시대적 사명을 다해야 한다'며 사형제 폐지를 촉구했다. 이들은 또한 다음과 같이 지적했다.

"우리나라는 2007년 사형 집행 중단 10년을 맞아 국제사회로부터 실질적 사형폐지국으로 분류됐다. 하지만 지금까지 사형 폐지 법안은 단 한 번도 국회 법제사법위원회의 문턱을 넘지 못한 채 임기 만료로 폐기됐다. 제15대부터 21대 국회까지 총 9차례에 걸쳐 사형제 폐지 특별법이 발의되었지만, 정치권의 결단은 여전히 미뤄지고 있다."

2019년 제기된 사형제 헌법소원과 관련해 2022년 헌법재판소에서 공개 변론까지 진행했음에도 불구하고, 현재까지 헌재는 아무런 입장을 내놓지 않고 있다. 이처럼 사형제는 여전히 법과 정치의 테이블 위에 놓여 있지만, 진전없는 논의 속에서 그 결론이 언제 도출될지는 여전히 미지수다.

사형제와 한국 사회: 지존파 사건과 인혁당 재건위 사건

우리나라서 제일 유명한 사형 집행 사건을 꼽자면 단연

코 지존파 살인 사건을 들 수 있다.

1993년 7월부터 1994년 9월까지 지존파라는 폭력 조직의 두목과 일당 7명은 연쇄적으로 5명을 살해한 후 시신을 유기하고 토막 내거나 소각했다. 이들은 '부자들에 대한 증오'를 이유로 범죄를 저질렀다고 주장했지만, 실상 희생된 대부분의 피해자는 부유층이 아닌 평범한 서민들이었다.

이 사건은 당시 MBC 기자였던 김은혜(현 국회의원)가 특종 보도하며 사회에 알려졌다. 당시 김 기자는 서초경찰서 강력반 사무실에서 '뇨지, 부자, 카드, 인육' 능의 단어를 듣고 수상함을 느꼈고, 이를 통해 지존파 사건의 전말을 파악했다. 김 기자는 이를 바탕으로 사건을 정리해 1994년 추석 연휴 첫날, 우리나라 역사상 가장 끔찍한 연쇄 살인 사건을 특종 보도했다. 보도 후 이 사건은 전국적인 충격을 불러일으켰고, 결국 범인 6명에 대한 사형 집행으로 마무리됐다.

이처럼 지존파 사건처럼 타인을 함부로 죽이고 극악무도한 짓을 벌인 이들에 사형이 집행된 사례도 있지만, 국가가 정치적 목적으로 무고한 사람에게 사형을 선고한 사례도 있다. 바로 인혁당 재건위원회(인혁당 재건위) 사건이다.

1974년 유신 체제에 반대하는 전국민주청년학생연맹(민청학련)을 수사하던 중앙정보부는 이 조직의 배후로 인혁당 재건위를 지목했다. 인혁당 재건위가 북한 지령을 받은 남한 내 조직이며 민청학련 배후서 학생시위를 조종하고 정부전복과 노동자, 농민에 의한 정부 수립을 기도했다고 주장했다. 이 사건으로 인해 억울하게 남편을 잃은 피해자의 가족들은 평생 고통 속에 살아야 했다. 한 피해자의 아내는 당시를 이렇게 회상했다.

"그날 남편은 목욕탕에 다녀오겠다고 했다. 그런데 며칠이 지나도 돌아오지 않았다. 결국 신문에서 그의 이름을 보게 됐다. 어느 날, 나는 어딘가로 끌려가 다른 피고인의 아내들처럼 강제로 각서를 써야 했다. '내 남편은 간첩이다'라는 내용이었다. 그 죄책감에 자살을 결심했지만, 친정어머니가 막았다. 그러나 어머니는 그 충격으로 한 달 뒤 세상을 떠나셨다."

1975년 4월 8일, 대법원은 인혁당 재건위 관련자 8명에 대한 사형을 확정했다. 그리고 판결이 내려진 지 불과 18시간 만에 국방부는 기습적으로 사형을 집행했다. 현재 사형 집행에는 법무부 장관의 결재가 필요하지만, 박정희 대통령 재임 시절에는 대통령의 결재가 있어야만 가능했다. 결국 대법원 판결 후 박정희 대통령이 단 몇 시간 만에 사형을 승인하면서 집행이 이루어진 것이다.

이후 유신·군부정권을 지나 1987년 민주화가 이뤄지고, 1993년 문민정부가 출범하면서 인혁당 재건위 사건이 유신정권의 용공조작이었다는 의혹이 본격적으로 제기됐다. 2000년, 독재정권에 의해 희생된 의문사를 조사하기 위해 의문사진상규명위원회가 출범했다. 그리고 2002년 9월 12일, 위원회는 인혁당 재건위 사건이 중앙정보부의 조작극이었다는 결론을 내렸다. 그리고 사건 발생 32년 만인 2007년, 서울중앙지방법원은 인혁당 재건위 사건 관련자 8인에게 무죄를 선고했다. 재판부는 "당시 진술은 고문, 구타, 협박에 의해 강요된 허위 자백으로 인정되므로 증거로서의 효력이 없다"라며 판결 이유를 밝혔다.

법원의 무죄 판결이 내려지자 인혁당 재건위 사건의 피해 유가족들은 법원 밖에서 오열했다. 십 년간 억울한 죄를 뒤집어쓴 채 남편을 잃고, 차별과 편견 속에서 힘겹게 살아온 유가족들은 어느덧 중년을 지나 노년의 나이가 되어있었다. 국가가 정치적 이익을 위해 조작한 사건이 수많은 청춘과 가족들의 삶을 송두리째 앗아간 것이다. 무죄 판결이 확정된 후, 유가족들은 남편들이 사형당한 곳을 찾아 흰 국화를 놓았다. 사형이 집행된 지 30여 년이 지난 뒤에서야 억울하게 희생된 이들의 영혼을 위로할 수 있었다.

사법부는 사회 공동체의 최후의 보루다

사법부마저 국가 권력과 금전에 굴복해 정의롭지 못한 판결을 내린다면, 우리 사회는 언제 무너질지 모르는 '바람 앞의 등불'과 같은 위태로운 상황에 놓이게 될 것이다. 법과 질서를 지켜야 할 사법부가 본연의 역할을 다하지 못하면 서로의 자유와 권리를 존중하고 보호하는 것이 불가능한 '통제 불능'의 사회로 전락할 위험이 크다.

현재 재판이 진행 중인 사안이라 조심스럽지만, 양승태 전 대법원장의 '사법 농단' 사건은 21세기 대한민국에서도

1975년 대법원의 과오와 같은 일이 되풀이될 수 있음을 보여준 최악의 사례로 남았다. 이 사건은 양승태 전 대법원장이 상고법원 도입을 추진하면서 이를 위해 행정부 및 입법부에 불법적인 로비를 시도하고, 반대하거나 비판적인 법조계를 전방위로 사찰하고 압박했다는 의혹에서 비롯되었다.

2019년 1월, 양 전 대법원장은 이 사법 농단 사태로 구속되었다. 이는 전직 사법부 수장이 같은 사법부에 의해 구속 필요성을 인정받은 사상 초유의 사건이었다. 현재 관련 사건의 2심이 진행 중이기에 섣불리 단정할 수는 없지만, 사법부가 스스로 전직 수장의 구속 필요성을 인정한했다는 사실만으로도 그 충격은 매우 크다.

사법부는 입법부·행정부와 함께 3권 분립을 이루는 중요한 국가 기관이다. 행정부(대통령)는 탄핵 심판을 통해 견제할 수 있고, 입법부(국회)는 법안이 기존 법률이나 헌법과 충돌할 가능성이 있는지를 판단하며 위헌 여부를 심사한다. 즉, 사법부는 행정부와 입법부를 동시에 견제할 수 있는 강력한 권한을 지닌 기관이다. 그러나 사법부가 권한만큼 막중한 책임감을 갖고 있는가에 대한 질문에 대한 답은 아직 확신할 수 없다.

법의 힘은 단순히 판결을 내리는 데 있지 않다. 그보다 중요한 것은 공정한 절차와 정의를 지키려는 사법부의 양심과 책임감이다. 한때 사법부는 국민이 기댈 수 있는 최후의 보루였지만, 이제는 국민으로부터 불신을 받는 시대가 되었다. 법이 약자를 보호하는 장치가 아니라 권력을 가진 자들의 도구로 전락한다면, 그 순간부터 우리 사회는 더 이상 법치 국가라 할 수 없다. 사법부가 국민을 위한 기관으로 존재하기 위해서는 정의와 양심을 지키는 법의 본질을 결코 잊어서는 안 된다.

【 2장 】

국제로 본
견제와 균형

한국 해양 주권의
슬픈 역사

경기 지역 일간지에서 일하는 선배 기자의 딸 돌잔치에 다녀오는 길에 잠시 카페에 들렀다. 24시간 운영되고 내가 좋아하는 차를 판매하는 곳이라 자주 찾는다. 평일 저녁이면 한 번에 세 잔을 주문해 놓고, 국회 소통관에서 가져온 경제 일간지 다섯에서 여섯 부를 정독하며 다음 날 기사 발제를 준비하곤 한다. 오전에는 교회 카페에서 읽다 만 경제지 두 부를 마저 읽고, 내용을 정리한 수첩을 다시 펼쳐 보았다. 그러던 중 해양 영토에 관한 내용이 눈에 들어왔다. 문득 궁금해져 유튜브에서 관련 다큐멘터리를 찾아봤다. 여러 다큐멘터리 중에서도 유독 내 마음을 사로잡은 것은 2019년 1월 방영된 다큐 3일 – 고성 대진항 편이었다.

이 다큐멘터리에는 모구리(전통 잠수부)부터 이북에서 내려와 속초에 정착한 어민들까지 다양한 이야기들이 담겨 있었다. 특히 내 할아버지가 함경도에서 내려와 속초에 정착하셨던 터라 같은 배경을 가진 어민들의 이야기를 보며 가슴이 뭉클해졌다. 취재진이 대진항 어판 경매장 일대를 촬영하는 동안 주민들이 직접 구운 총알 오징어를 건네는 장면을 보며, '나도 저렇게 작지만 소중한 이야기를 가까이에서 듣고 글로 풀어내는 기자가 되어야지'라는 다짐을 하게 되었다.

여러 장면이 인상적이었지만 유독 마음에 깊이 남은 것은 북위 저도 어장에서 문어를 잡는 한 어민의 이야기였다. 그는 해양경비선에 승선 인원을 보고하며 취재진의 질문에 담담한 목소리로 답했다.

"해양경찰이 인원 점검을 하는 거예요. 저도 어장으로 올라갈 때도 경비정에서 인원 점검을 받아야 해요. 지금 우리가 있는 곳이 북위 38도 32분 95초입니다. 평소에는 38도 33분까지 조업할 수 있지만, 저도어장은 38도 34분선까지 조업이 가능해요. 그 이후부터는 군사분계선을 넘어가는 거죠."

저도어장은 동해 최북단에 위치한 황금어장으로, 북방 한계선(NLL)에서 불과 1.85km밖에 떨어져 있지 않다. 문어, 멍게, 도치, 삼식이, 전복치 등 풍부한 어족자원이 서식하는 천혜의 어장이지만, 2024년 10월 북한이 남북 연결도로 일부 구간을 폭파하면서 군사적 긴장감이 고조되었고 결국 폐쇄되었다. 현재는 고성 통일전망대나 대진등대에서 일대를 바라볼 수 있을 뿐이다.

다큐멘터리에 출연한 고성 어민은 2018년 판문점 남북 정상회담 이후 일시적으로 남북 간 군사적 긴장이 완화되었던 시기를 떠올리며 남북 어업 협정이 다시 체결되었으면 좋겠다는 바람을 전했다.

"요즘 남북공동수역 이야기가 나오고 있잖아요. 지금 북한이 중국 어선들에게 조업권을 팔고 있는데 차라리 우리 정부가 임대를 해서 우리 어민들이 조업할 수 있도록 하는 게 낫지 않을까요? 우리는 어족자원을 보호하며 잡지만 중국 어선들은 마구잡이식으로 조업하잖아요. 정부가 그런 대안을 고민해봤으면 하는 게 어민들의 바람입니다."

다큐 3일에서 어민이 전한 이야기는 희망적인 대안을 담고 있었지만 현실은 그렇지 않았다. 우리나라는 해양 영토 협정에서 너무도 깊은 상처를 안고 있다. 바다를 터전으로 살아온 이들의 간절한 바람이 있었지만, 협상의 결과는 그 바람을 외면한 채 아픈 역사로 남아버렸다.

한일 어업협정의 치명적인 패배

대표적인 사례가 1998년 9월 25일 일본 도쿄에서 체결된 한일 어업협정이다. 당시 오징어 황금어징으로 유명한 대화퇴 어장 확보에 대한 기대가 컸지만, 협정 결과는 대한민국의 완패였다. 특히 가장 뼈아픈 부분은 어업권을 사실상 빼앗겼다는 점이다. 협정에 따라 1999년부터 일본의 배타적 경제수역(EEZ) 내에서 우리나라의 명태 조업이 1만 5000톤으로 제한되었으며, 2000년 이후에는 아예 금지되었다. 대게 조업도 1999년 기존 실적의 50%를 감축한 뒤 2000년에는 나머지 50%까지 줄였다. 명태와 대게를 제외한 다른 어종도 3년 동안 점진적으로 일본과 동일한 어획 할당량을 갖도록 조정되었으며, 결과적으로 우리에게 득이 될 만한 부분은 거의 없었다. 이처럼 치명적인 패배를 당한 이유 중 하나로 어획 신고 실적 부족이 꼽힌다. 한일 어업 협정 당시 우리나라가 주장한 일본 측 수역에서의 어획량은 연간 14만 2000톤이었다. 그러나 수협 등에서 추정하는 실제 어획량은 20만 톤에 달해, 공식적으로 집계된 수치와 큰 차이를 보였다.

국제 협상에서 이권을 주장하려면 확실한 근거와 명분이 필요하다. 하지만 우리 어민들이 정부에 신고한 공식 어획량이 일본보다 적었기 때문에 협상에서 불리할 수밖에 없는 구조였다. 당시 이를 분석한 연합뉴스 기사에서도 이러한 문제점을 지적했다. 조업 실적이 제대로 보고되지 않은 것도 큰 문제였으며, 어민들 사이에서는 신고하면 당국에 불이익을 받을 수 있다는 잘못된 인식이 퍼져 있었다. 이로 인해 정확한 어획 통계를 작성하는 것이 어려웠고, 수산물을 공인된 유통망을 통해 거래하기보다 사적으로 빼돌리는 경우가 많았다. 결국 "오늘 내가 많이 잡았는데 신고하면 어장 정보가 유출될까 봐 걱정된다"는 어민들의 안일한 태도가 누적되면서 대한민국 전체가 협상에서 불리한 입장에 놓이게 된 것이다.

냉정하게 견제해야 할 국제정세

한일 어업 협정도 아픈 기억이지만 더 뼈아픈 사례는 1951년 9월 체결된 샌프란시스코 강화 조약이다. 이 조약은 제2차 세계대전에서 패전한 일본과 승전국 연합국 사이에서 맺어진 평화 조약으로, 한국의 해양 영토에 관한 조항도 포함되어 있었다. 그러나 독도와 이어도가 명시되지 않았다. 그 공백을 틈타 일본은 지금까지도 "조약 어디에도 독도를 한국에 반환한다는 내용이 없다"며 영유권을 주장하고 있다. 단 한 문장이 빠졌을 뿐인데, 그로 인해 우리는 수십 년간 끊임없이 우리의 영토를 지켜야 하는 처지에 놓였다. 역사학자들이 더욱 아쉬워하는 점은 샌프란시스코 조약 체결 당시 한국 정부가 회의에 제대로 참석하지 못했다는 사실이다. 북한과 6·25 전쟁을 치르고 있던 상황에서 외교적 협력을 구하거나 적극적으로 참가를 요청할 여건이 되지 않았던 탓이다.

2024년 12월, 세계는 또다시 급변하는 시기를 지나고 있다. 혼란스러운 국제 정세 속에서 대한민국의 외교적 입지가 흔들릴 수 있다는 우려가 나오고 있다. 그러나 이제는 더 이상 우리의 운명을 타인의 손에 맡겨서는 안 된다. 그때처럼 무력하게 결정권 밖에 서 있을 수는 없다. 우리는 지켜야 할 바다가 있고 반드시 지켜야 할 영토가 있다. 외교 당국자들과 고위 정무직들은 지금이야말로 냉철한 시선으로 국제적 흐름을 읽고 대한민국의 이익을 지키기 위해 최선을 다해야 한다. 더 이상 우리의 바다를, 우리의 섬을 빼앗기는 아픈 역사를 반복하지 않기 위해서라도 말이다.

북한의 닫힌 문,
그리고 얼어붙은 시간

유튜브를 보던 중 한 영상을 접했다. 한 국가의 최고지도자가 우리나라 대사에게 직접 전달한 발언이 보도된 장면이었다.

"존경하는 대사님, 자국은 양국에 이익이 되는 협력 관계로 복귀할 준비가 돼 있음을 강조하고 싶습니다."

이 한마디만 들으면 자유 시장 경제와 국제 협력을 추구하는 서방 국가의 이야기처럼 들린다. 하지만 놀랍게도 이 말은 2023년 12월 6일 러시아 블라디미르 푸틴 대통령이 우리나라 대사에게 직접 한 발언이다. 한때 공산주의 진영의 중심이었던 소련의 후예 러시아가 이제는 자본주의 체제 속에서 실리를 추구하며 우리나라와의 협력 확대를 언급하는 모습은 많은 시사점을 안겨준다.

우리나라와 러시아는 1990년 공식 수교를 맺었다. 이는 당시 노태우 정부의 북방외교 정책의 일환으로 추진된 외교적 결실이었다. 개혁 개방을 시도하던 고르바초프 소련 서기장과의 이해관계가 맞아떨어졌고, 양국은 샌프란시스코 정상회담을 통해 40여 년의 단절을 넘어서 외교 관계를 공식화했다. 이후 대한민국은 중국과도 수교에 성공하며 냉전 시대의 외교 질서를 새롭게 재편해 나갔다. 러시아와 중국의 공통점은 '개혁과 개방'을 선택함으로써 국제사회와의 연계를 강화했고, 그 결과 경제적으로도 눈에 띄는 성장을 이루었다는 점이다. 러시아는 '페레스트로이카'를 통해 폐쇄적인 공산체제를 개혁하려 했고, 중국은 '흑묘백묘론'을 바탕으로 실용주의 노선을 강화하여 세계 경제의 중심축으로 부상했다. 덩샤오핑의 전략은 단순하면서도 명확했다. "쥐만 잘 잡으면 고양이 색은 중요하지 않다." 체제보다 결과를 우선시한 그의 철학은 오늘날 중국 경제의 근간이 되었다.

반면, 북한은 변화의 흐름에서 철저히 고립된 길을 선택했다. 2008년 방영된 KBS 다큐멘터리에서 마커스 놀랜드

피터슨 국제경제연구소 수석연구원은 "북한은 소련 붕괴 이후 아무것도 하지 않았다. 그저 가만히 있었다"고 지적한 바 있다. 같은 맥락에서 김덕홍 전 북한 노동당 부실장도 "북한은 외화를 확보하지 못한 채 공산국가들과의 교류가 급격히 단절되면서 경제가 하루아침에 무너졌다"고 증언했다. 북한은 개혁 대신 고립을 선택했고 그 결과는 참담했다. 일본과의 식민지 보상 협상에서 수십억 달러의 지원을 받아내려 했으나 미국의 반대로 무산되었고 이후 남북 교류도 단절됐다. 최근에는 김정은이 외제차를 직접 운전하며 등장한 모습이나 남북 철도 일부를 폭파하는 행위는 단절과 고립을 상징적으로 보여주는 장면이었다.

북한의 현재: 외면당하는 체제

남북 정상회담과 비핵화 협상이 이어지던 시기도 있었지만 북한은 경제적 보상이 지연되자 이를 이유로 협력을 중단했다. 결과적으로 북한은 스스로 외교적 문을 닫은 것이다.

2024년 7월, 압록강 유역에서 발생한 대홍수는 북한의 국가 기능이 사실상 마비 상태에 있음을 보여주는 계기가 되었다. 수천 명의 인명 피해가 발생했지만 정부는 적절한 대응을 하지 못했고, 김정은은 직접 현장을 찾아 간부들을 질책했다. 일부 간부가 처형되었다는 보도까지 나오면서 재난 상황에조차 제대로 대응하지 못하는 체제의 한계가 여실히 드러났다.

외교적으로도 북한은 점점 더 외면당하고 있다. 2023년에는 우간다, 앙골라, 스페인, 홍콩 등 여러 국가의 대사관과 공관을 폐쇄했다. 이는 단순한 외교 축소가 아닌, 외화 확보처 자체를 스스로 닫아버린 결정이었다. 전통적으로 밀접했던 중국과 러시아와의 관계도 예전만큼 돈독하지 않다. 반대로 중국과 러시아는 오히려 대한민국과의 관계 회복에 적극적인 태도를 보이고 있다. 러시아 외무차관은 한국을 "한반도 문제 해결의 핵심 참가자"로 언급하며 협력의 필요성을 공식적으로 밝혔다. 이는 북한보다 한국이 훨씬 더 매력적인 경제 파트너로 인식되고 있음을 보여준다.

세계는 빠르게 변화하고 있으며 많은 나라들이 체제보

다 실리를 중시하는 방향으로 나아가고 있다. 하지만 북한만은 여전히 변화에 등을 돌리고 있다. 그 결과 그들에게 남은 것은 고립과 빈곤, 그리고 폐쇄적인 권력 구조뿐이다. 한때 같은 출발선에서 시작했던 러시아와 중국은 개혁과 개방을 통해 오늘날의 경제 강국으로 거듭났지만, 북한은 여전히 폐쇄된 체제 속에서 점점 더 깊은 수렁으로 빠져들고 있다. 오늘날 북한의 현실은 단순한 체제의 문제가 아니다. 변화를 외면한 국가가 어떤 결과를 맞이하게 되는지를 보여주는 살아 있는 교훈이다. 변화를 끝내 거부한 북한에게 남은 것은—바로 '가난'뿐이다.

변화 없이는 생존도 없다

북한의 행보는 우리에게 분명한 교훈을 던진다. 오늘날 국제사회에서 살아남기 위한 필수 조건은 '이념의 고수'가 아니라 변화에 유연하게 대응하는 능력이다. 러시아와 중국은 과거 공산주의 체제를 유지하던 국가였지만 실용적인 개혁을 선택함으로써 세계 경제의 중심 국가로 자리매김할 수 있었다. 체제보다 국민의 삶과 국가의 생존을 우선시한 결과였다.

　반면 북한은 여전히 20세기의 사고방식에 머무르며 고립을 자초하고 있다. 외부와의 단절, 내부 권력 구조의 경직성, 변화에 대한 거부감은 북한을 점점 더 외로운 길로 내몰고 있다. 변화에 응하지 않는 정권은 외교적으로는 고립되고 경제적으로는 빈곤에 처하게 되며, 결국 국민에게 최소한의 삶조차 보장하지 못하는 상황에 이르게 된다. 불확실성과 변화의 속도가 중요한 이 시대에 북한의 폐쇄적 전략은 더 이상 유효하지 않다. 국가는 끊임없이 변화에 적응해야 살아남을 수 있고 그 변화는 국민의 삶과 직결된다. 북한의 사례는 단지 하나의 체제가 실패하는 과정에 머무르지 않는다. 그것은 변화하지 않는 국가가 어떤 결과를 맞이하는지를 보여주는 오늘날 우리 모두에게 주는 시대적 반면교사다.

공짜는 없다:
복지의 빛과 그림자

　　퇴근 후 마포대교를 건너 여의도역으로 향하던 중 잠시 영풍문고에 들렀다. 여행 서적을 둘러보다가 남미 브라질에 대한 여행기를 발견했다. 축구, 삼바, 리우 카니발 등 브라질 하면 떠오르는 익숙한 이미지 외에도 현지 음식과 문화 체험이 담긴 이야기가 흥미로워 시간 가는 줄 모르고 읽었다. 더 많은 브라질 관련 서적을 찾아보다가 정치·경제를 다룬 책을 발견했다. 배가 고파 오래 읽지는 못했지만 한 가지 경제 지원 제도가 유독 눈에 띄었다. 볼사 파밀리아(Bolsa Família). 이 제도를 처음 접한 건 중학생 시절 '지식채널e'를 통해서였다. 당시 나는 '복지는 선심성 공약'이라는 고정관념을 가지고 있었지만, 볼사 파밀리아는 그러한 인식을 완전히 뒤집어 놓았다.

가난을 딛고 일어선 대통령, 그리고 볼사 파밀리아

　볼사 파밀리아를 논하기 전에 이 정책을 도입한 룰라(Luiz Inácio Lula da Silva) 대통령에 대해 잠시 이야기하고 싶다.

　룰라는 극심한 가난 속에서 성장했다. 태어난 지 2년이 넘어서야 생애 첫 사진을 찍었을 정도로 어려운 형편이었고 초등학교조차 졸업하지 못한 채 어린 나이에 사회로 나가 선반공이 되었다. 그가 첫 직장을 구했을 때 가족들은 마치 과학자가 된 것처럼 기뻐했다고 한다. 그것은 단순한 취업이 아니라 가난을 벗어날 수 있는 희망이었기 때문이다. 하지만 현실은 녹록지 않았다. 일하던 도중 사고로 왼쪽 새끼손가락이 절단되었고, 여러 직장을 전전해야 했다. 경제적 어려움에 시달리던 그는 브라질 사회의 극심한 빈부격차와 불합리한 시스템을 직접 바꿔야겠다고 결심했다. 결국 노동자당(PT)을 창당하고 대선에 도전한다. 세 번의 낙선을 겪은 끝에 네 번째 도전에서 마침내 브라질 대통령에 당선되었다. 당선증을 받은 그는 "초등학교도 졸업하지 못한 나로선 처음으로 인증서를 받아본다"며 감격의 눈물을 흘렸다. 대통령이 된 룰라는 가난을 탈출하는 것이 얼마나 힘든지 몸소 경험한 사람이었기에 경제적 취약계층을 돕는 것을 정책의 최우선 과제로 삼았다. 그러면서 오늘날까지 경제학계에서도 유명한 명언을 남겼다.

"왜 부자를 돕는 것은 투자라고 하고 가난한 자를 돕는 것은 비용이라고 말하는가?"

그가 도입한 대표적인 정책이 바로 볼사 파밀리아(Bolsa Família)였다. 이 제도의 핵심은 단순하면서도 명확했다.

*1인당 월 수입이 50헤알(약 1만 1,150원) 이하인 가정에는 50헤알을 지급

*100헤알(약 2만 2,300원) 이하인 가정에는 최대 45헤알 추가 지급

그러나 무조건적인 현금 지원이 아니라 일정한 조건이 붙었다. 수혜자는 반드시 자녀를 학교에 보내고 예방접종을 맞혀야 하며, 출석률이 85% 이하로 떨어지면 지급이 중단되었다. 이는 단순한 금전적 지원이 아닌 빈곤 가정이 교

육을 통해 가난의 대물림을 끊을 수 있도록 유도한 정책이었다. 그 효과는 즉각적이었다. 세계은행(World Bank)은 볼사 파밀리아를 "효과적인 사회정책의 모범"이라 평가했다. 지원금을 받은 빈민층은 식료품과 생필품을 구매하고 자녀 교육에 투자하면서 생활 수준을 점차 끌어올렸다. 이 과정에서 2,000만 명이 빈곤층에서 중산층으로 도약하며 내수 소비가 증가했고 이는 곧 내수 시장 활성화와 경제 성장으로 이어졌다. 결국 브라질은 국가 부채를 해결하고 채무국에서 채권국으로 변모했다. 또한, 세계 경제에서 당당한 BRICS(브라질·러시아·인도·중국·남아공) 국가 중 하나이자 세계 8위 경제 대국으로 자리 잡았다. 물론 이 정책은 브라질 보수 진영으로부터 "퍼주기 정책"이라는 비판을 받았다. 그러나 유엔식량농업기구(FAO)는 볼사 파밀리아를 "배고픔 극복의 주요 전략 중 하나"로 평가하며 그 가치를 인정했다.

퍼주기 정책, 양날의 검

사실 무상 지원 정책(이른바 '퍼주기 정책')은 전 세계에서 보편적으로 시행되는 정책이다. 그러나 그 결과는 나라마다 다르게 나타난다. 대표적인 실패 사례로 그리스를 꼽을 수 있다.

그리스는 대학교 등록금이 무료였고 공무원 수가 과도하게 많아 노동 인구 4명 중 1명이 공무원이라는 말이 나올 정도였다. 공무원 연금 수준도 매우 높아 OECD 평균 대비 2배에 달하는 95%의 소득 대체율을 기록했다. 그러나 이러한 과도한 복지는 국가 재정에 큰 부담이 되었고, 결국 그리스는 국가 부도 위기를 맞았다.

우리나라 역시 1997년 IMF 외환위기 당시 국가 재정이 바닥나면서 긴급 경제 개혁을 단행해야 했던 아픈 경험이 있다. 기획재정부가 발표한 2024년 9월 국세 수입 현황에 따르면, 2023년 같은 달 대비 1조 9,000억 원이 감소했다. 2024년 1~9월 누적 국세 수입은 255조 3,000억 원으로, 전년 동기 대비 11조 3,000억 원이 덜 걷혔다. 주요 원인은 기업 법인세 수입 감소였다. 결국 정부는 지방교부세·교부금을 줄이는 방안을 검토하고 있다. 기업에서 세금을 제대로 걷지 못한 만큼 국민의 주머니에서 메우겠다는 의미이기도 하다.

나는 대학 졸업을 앞두고 모교에서 은사님께 들었던 말이 떠올랐다.

"돈 앞에서는 누구보다 냉정해져야 한다. 그게 심지어 너의 가족이라 해도. 돈 앞에서는 오로지 너 자신만을 믿어야 한다."

돈 앞에서는 감정이 아니라 냉철한 판단이 필요하다. 그것이 개인의 삶에서도, 국가의 정책에서도 예외가 되어서는 안 된다. 퍼주는 정책이 브라질의 볼사 파밀리아처럼 성공할지, 그리스처럼 실패할지는 결국 얼마나 신중하게 설계되고 운영되느냐에 달려 있다. 현재 정부뿐만 아니라 미래의 정부 또한 "돈 앞에서는 누구보다 냉정해야 한다"는 원칙을 가슴에 새기며 정책을 결정해야 한다. 국가의 재정은 단순한 숫자가 아니라 국민 한 사람 한 사람의 삶과 직결된 문제이기 때문이다. 그리고 그 선택이 다음 세대가 짊어져야 할 미래가 되기 때문이다.

기술로 일어선 나라,
자원으로 무너진 나라

2025년, 다사다난했던 한 해를 보내고 새해 설을 맞았다. 오랜만에 모인 친척들과 인사를 나누고 음식을 함께 나누며 담소를 나누던 중 사연스럽게 과거 힘들었던 시절에 대한 이야기가 나왔다. 아버지, 작은 큰아버지, 큰아버지가 시골에서 어렵게 자라며 공부했던 이야기였다. 어릴 적부터 지겹도록 들어온 이야기지만, 큰아버지나 작은 큰아버지께 들으면 같은 이야기라도 새롭게 다가왔다. 때때로 아버지께서는 미처 말하지 않았던 세세한 기억들이 스며들었고, 그 조각들을 맞춰가며 듣다 보면 어느새 나도 깊이 빠져들곤 했다. 이북에서 내려온 증조할아버지와 할아버지가 맨손으로 농사를 지으며 가족을 일군 이야기. 전쟁으로 모든 것이 무너진 세계 최빈국에서 자원 하나 없이 오직 기술과 노력만으로 가난을 극복한 이야기. 전쟁으로 모든 것이 파괴된 최빈국에서 자원 하나 없이 오직 기술 경쟁력으로 가난을 극복한 이야기. 그 이야기들을 들을 때마다 가슴 한 켠이 뭉클해졌다.

누군가는 "대한민국은 기적 같은 나라"라고 말하지만 그 기적이란 것이 어느 날 갑자기 하늘에서 떨어진 게 아니라는 것을 나는 잘 알고 있다. 끝이 보이지 않던 가난 속에서도 포기하지 않고 한 걸음씩 나아간 사람들의 손길, 땀방울, 그리고 그들이 지켜낸 신념이 지금의 대한민국을 만든 것임을. 그 이야기를 들을 때마다 가슴 한 켠이 뜨거워졌다.

자원 없는 나라의 기적, 대한민국

우리나라의 경제 성장은 말 그대로 '맨땅에 헤딩'이었다. 중동이나 남미처럼 석유나 천연가스가 풍부한 자원 부국들은 자원을 판매하는 것만으로도 국가 경제를 유지할 수 있다. 그러나 대한민국은 석유 한 방울 나지 않는 자원 최빈국이었다. 경제개발계획이 추진될 당시, 공업 시설과 인프라를 건설할 자본이 부족해 외국에서 자금을 끌어와야 했다. 이 과정에서 서독으로 광부와 간호사를 파견해 외화를 벌어들였고 심지어 이들의 월급은 독일에서 외자를 빌려오기 위한 담보로 제공되기도 했다. 경부고속도로를 비롯한 사회기반시설을 구축하고 철강 산업을 육성하기 위해서는 더 많은 자금이 필요했다. 결국 대일청구권 자금이 활용되었다. 당시 포항제철(현 포스코)을 설립한 박태준 전 국무총리는 미국을 직접 찾아가 제철소 건립을 위한 자금 지원을 요청했지만, 기업 회장들을 밤늦게까지 설득했음에도 번번이 거절당했다. 그를 안쓰럽게 여긴 미국 코퍼스의 포이 회장은 "당신 너무 지쳐 보인다. 좀 쉬었다 가라."며 하와이 고급 콘도에서 며칠 쉬도록 배려했다. 그러나 박태준은 그곳에서도 어떻게든 자금을 마련할 방법을 고민했고, 결국 대일청구권 자금을 포항제철 건립에 사용하는 아이디어를 떠올렸다. 이 아이디어를 들은 박정희 전 대통령은 "기막힌 아이디어"라며 극찬했고, 그렇게 대한민국 철강 산업의 초석이 마련되었다.

박태준은 포항 영일만에서 제철소 착공을 앞두고 모든

사원을 모아놓고 외쳤다.

"이 돈은 우리 조상의 핏값이다. 실패하면 우리 모두 영일만에 빠져 죽자."

일본 식민지배 배상금으로 짓는 기업인 만큼 국가를 부흥시키지 못하면 책임을 져야 한다는 각오에서 나온 말이었다. 그 결과 대한민국은 무자원·무기반 시설이라는 최악의 환경 속에서도 외국 자본과 기술을 들여와 인프라를 구축하고 독자적인 기술 경쟁력을 확보하는 데 성공했다. 그렇게 우리는 세계 10대 경제 대국으로 성장했다.

자원이 번영을 약속하지 않는다

우리나라처럼 자원 없이 성장한 국가가 있는 반면 풍부한 자원을 가졌음에도 경제적으로 몰락한 나라들도 존재한다. 대표적인 사례가 태평양 섬나라 나우루 공화국(Nauru)이다.

나우루 공화국은 세계에서 가장 작은 공화국으로, 인구가 1만 명 남짓한 작은 섬나라다. 과거 나우루에는 순도

90% 이상의 인산염이 포함된 고품질 인광석이 풍부했다. 이를 해외로 수출하며 한때 1인당 국민소득 3만 달러를 넘긴 태평양 최대 부국으로 등극했다. 심지어 1인당 국민소득이 미국을 앞질렀던 시기도 있었다. 당시 나우루 국민들은 개인 전용기를 타고 해외로 쇼핑을 다니고 외제차와 명품을 거침없이 사들이며 호주에서 원정 의료 서비스를 받는 등 사치의 끝을 달렸다. 그러나 1990년대 인광석이 고갈되면서 모든 것이 무너졌다. 주요 수출 산업이 사라지자 국민소득은 2,500달러로 폭락했다. 국가 재정이 붕괴되며 외국에서 석유조차 사 올 수 없게 되었다. 결국, 호주에서 난민을 받아주는 '난민수용소' 운영으로 생계를 유지하는 처지가 되었다. 그렇게 한때 태평양 최대 부국이었던 나라가 빈국으로 전락한 것이다.

또 다른 사례는 세계 최대 석유 보유국 베네수엘라다. 베네수엘라는 1998년 우고 차베스 대통령이 집권한 이후 원유·철강 등 기간산업을 국유화하며 단기간에 막대한 부를 축적했다. 당시 정부는 석유 수출로 벌어들이는 막대한 자금을 기반으로 무상 의료, 무상 교육, 저가 식량 공급 등

대규모 복지 정책을 실시하며 국민들의 지지를 얻었다. 그러나 고유가 시대가 끝나면서 석유 수출로 벌어들이던 돈이 줄어들자 경제 구조가 급격히 흔들리기 시작했다. 차베스의 후임인 니콜라스 마두로 대통령은 부족한 재정을 메우기 위해 무리하게 돈을 찍어냈고, 그 결과 65,000%에 달하는 초인플레이션이 발생했다. 기존 1달러로 살 수 있던 물건을 650달러를 주고도 사지 못하는 상황이 되었다. 사회 불안정이 극도로 심화되면서 거리에는 약탈과 폭동이 빈번해졌고 치안이 사실상 붕괴되었다. 국민들은 생존을 위해 음식물 쓰레기를 뒤지는 지경에 이르렀고, 베네수엘라는 한때 남미에서 가장 부유했던 나라에서 세계 최빈국 중 하나로 전락했다.

자원은 지구가 인간에게 준 소중한 선물이다. 그러나 이 선물도 결국은 유한한 자원에 불과하다. 자원이 있다고 해서 그것이 영원할 것이라는 착각은 국가의 몰락을 불러온다. 자원을 가진 국가라도 그 자원을 기반으로 기술을 개발하고 경제 구조를 다변화하며 지속 가능한 성장 전략을 마련하지 않는다면 결국 한계에 직면할 수밖에 없다. 반면,

자원이 없더라도 기술 경쟁력을 확보하면 오히려 경제 강국이 될 수 있다. 우리나라가 세계 10대 경제 대국으로 성장한 이유는 석유도, 천연가스도 아닌 '기술 경쟁력'이 있었기 때문이다. 자원이 없는 나라가 살아남기 위해서는 스스로 경쟁력을 갖추는 것 외에는 방법이 없다. 지금 갖고 있는 자원이 영원할 것이라는 착각만큼 위험한 것은 없다. 결국, 자원이 우리에게 '선물'이 될 것인지, '재앙'이 될 것인지는 우리가 어떻게 준비하느냐에 달려 있다.

불안이
경제에 미치는 영향

최근 '트럼프 포비아(Trump Phobia)'라는 말이 유행하고 있다. 트럼프 행정부 출범 후 인플레이션 감축법(IRA)과 반도체 지원법(칩스법)이 폐지될 것이란 말이 돌며 우리나라 기업들이 미국에서 받을 예정이던 보조금이 무산될 수도 있다는 우려가 커지고 있다. IRA는 조 바이든 행정부가 에너지 안보 및 기후 변화 대응을 위해 제정한 법안으로, 북미에서 생산된 전기차에 한해 대당 최대 7,500달러(약 1,050만 원)의 보조금을 지급하는 조항이 포함되어 있다. 이는 우리나라 완성차 업계에 큰 타격을 줬다. 국내 기업들은 상대적으로 인건비가 저렴한 동남아시아 등지에서 생산한 차량을 수출하는 구조를 가지고 있기 때문이다. 결국 IRA에 대응하기 위해 현대차와 기아 등 국내 완성차 기업들은 미국 현지 공장 건설을 서둘렀다. 정의선 현대차그룹 회장은 6차례 이상 미국 출장길에 올랐고, 바이든 대통령 방한 당시 미래 산업 분야에 50억 달러(약 6조 3,000억 원) 투자 계획을 발표했다. 바이든 대통령은 이에 대해 현대차의 결정에 감사한다며 이번 투자가 미국에서 8,100개의 새로운 일자리를 창출할 것이라고 거듭 강조했다.

칩스법 역시 IRA와 비슷한 원리를 가진 법안이다. 미국에서 반도체를 생산하는 기업에 보조금을 지급하는 내용을 담고 있다. 이에 맞춰 삼성전자와 SK하이닉스도 미국 내 반도체 공장 건설 계획을 발표하며 IRA와 칩스법이 가져올 미래 먹거리 확보를 위한 대응책을 마련했다. 우리 기업들이 미국에서 받을 예정이던 보조금이 무산될 수도 있다는 우려가 커졌다. 그러나 트럼프 행정부가 출범하면 이 법안들이 폐지될 가능성이 커지고 있으며, 이에 따라 우리 기업들의 미국 내 보조금 수혜가 무산될지도 모른다는 불안감이 확산되고 있다. 이 같은 불확실성이 커지면서 삼성전자의 주가는 급락했다. 2024년 11월 13일, 삼성전자 주가는 코스피 기준 50,600원으로 마감되었으며, 장중 한때

50,500원까지 하락하며 4만 원대 진입 우려까지 제기되었다. 그 결과 삼성전자의 시가총액은 하루 만에 41조 원 넘게 증발했다.

이러한 현상은 경제에서 '심리'가 얼마나 중요한 영향을 미치는지를 단적으로 보여준다. 단지 미국 대통령이 바뀔 가능성만으로도 거대 기업의 가치가 하루아침에 수십조 원 증발하는 것이 현실이다. 불확실성이 커질수록 투자자들은 '안전한 선택'을 위해 돈을 빼는 경향을 보인다. 이는 금융 시장뿐만 아니라 기업 투자, 소비 심리, 고용 시장에도 영향을 미칠 수 있다.

금융 시장에서 불안 심리 : '뱅크런'의 위험

금융 시장에서는 '불안 심리'가 특히 치명적인 역할을 한다. 은행이 파산할 가능성이 있다는 소문이 퍼지면 예금주들은 앞다투어 예금을 인출하게 된다. 이를 '뱅크런(Bank Run)'이라고 한다. 예를 들어, 2023년 7월 우리나라에서는 새마을금고의 연체율 상승과 경영 불안 소식이 전해지자

한 달 동안 무려 17조 원에 달하는 예금이 빠져나갔다.

우리나라에서 뱅크런과 관련된 대표적인 사례로는 2011년 부산저축은행 사태를 들 수 있다. 삼화저축은행의 붕괴 이후 저축은행 업계 전체가 불안하다는 소문이 퍼지면서 부산저축은행 역시 대규모 뱅크런을 겪어 결국 영업정지 처분을 받게 되었다. 당시 부산저축은행 회장은 영업정지 직전 부인 명의의 정기예금을 해지하고 1억 7,100만 원을 빼갔으며, 부회장도 주식 계좌에서 수억 원의 현금을 친척에게 양도했다. 그 결과 두 사람은 각각 징역 12년과 10년형을 선고받았다. 이와 같이 '뱅크런'은 단순한 소문이나 우려가 아니라 금융 시장 전체를 무너뜨릴 수 있는 핵심 리스크임을 보여준다.

역사 속 금융 위기의 사례를 보자.

1932년 세계 대공황 당시 미국 은행들은 장기간 불황에 시달리며 "언제 망할지 모른다"는 불안감이 확산되면서 수많은 예금주들이 앞다투어 은행에서 돈을 인출하게 시작했다. 이로 인해 은행들은 지급 능력을 상실했고, 특히 자본이 충분하지 않던 중소 은행들은 줄줄이 도산하며 금융 시스템이 붕괴 직전까지 치달았다. 이러한 상황이 지속되자, 당시 프랭클린 D. 루즈벨트 대통령은 '은행 일시 영업 정지(Emergency Banking Act)' 명령을 내렸다. 또한 국민들의 불안을 해소하기 위해 대국민 라디오 연설을 진행하며 "정부와 금융 기관을 믿고 불안해하지 말라"고 강조했다. 이 연설은 마치 불타는 난로 앞에서 편안하게 대화를 나누는 듯한 분위기로 전달되어 이후 '노변담화(Fireside Chat)'라는 이름으로 회자되었다. 루즈벨트 대통령의 긴급 조치 이후 미국 국민들의 예금 인출 속도는 점차 둔화되었고 금융 시장은 안정되기 시작했다.

경제의 가장 강력한 안전망, 신뢰

위 국내외 사례들은 금융 시장에서 '불안 심리'가 경제 전체에 얼마나 심각한 타격을 줄 수 있는지를 보여주는 대표적인 사례로 남아 있다. 단순한 경제적 손실을 넘어 정부와 금융 시스템에 대한 신뢰가 흔들릴 경우 국가 경제 전체가 붕괴할 위험에 처할 수 있는 것이다. 이 같은 위험을 방지하기 위해 가장 중요한 것은 불안 요소의 조기 차단과 위기 상황에서의 신속한 대응이다. 특히 정부와 기업은 국민과 투자자들에게 정확하고 투명한 정보를 제공함으로써 불필요한 공포와 추측을 줄이고 신뢰를 유지해야 한다. 애매한 태도나 늦은 대응은 오히려 더 큰 불안을 불러올 수 있다. 결국 신뢰는 경제를 움직이는 가장 중요한 자산이다. 정부와 공공기관, 그리고 기업이 국민과 고객의 신뢰를 깨뜨리지 않도록 책임감 있는 운영과 확실한 성과를 도출하는 것이 지속 가능한 경제 발전을 위한 필수 조건임을 잊지 말아야 한다.

우연히 본
생애 최고의 순간

2004년 아테네 올림픽 여자 핸드볼 결승전.

마지막 승부 던지기에서 덴마크 선수의 슛이 성공하며 한국의 패배가 확정되던 순간, 최승돈 아나운서는 허탈함과 아쉬움 속에서도 눈물을 삼키며 우리 선수들을 위로했다. 그날의 기억은 멀어졌지만, 나는 우연히 유튜브를 보다가 알고리즘이 추천한 영상 하나를 발견했다. '2차 연장에 승부 던지기까지... 우리 생애 최고의 순간' MBC 스포츠 영상이었다. 골이 들어가도, 공을 빼앗겨도 끝까지 포기하지 않고 싸우던 여자 선수들, 목이 터져라 응원하는 최 아나운서의 목소리, 일방적으로 덴마크를 응원하는 유럽 관중들의 함성이 한데 뒤섞인 그 장면을 나는 숨죽이며 마지막 순간까지 지켜보았다. 머나먼 이국땅에서 홈 관중의 압

도적인 응원을 등지고 세계 최고의 무대 결승전까지 올라
선 그녀들. 그들의 혼신의 경기력을 보며 최 아나운서는 한
언론사와의 인터뷰에서 이렇게 말했다.

"덴마크 응원단이 경기장을 가득 메운 가운데 한국 대
표팀은 응원단이 없어 선수들이 중계석을 향해 인사하고
손을 흔들어 줬습니다. 우리는 방송을 하면서 동시에 응원
도 해야 했어요.

그 선수들이 피나는 노력 끝에 올림픽 결승까지 올라왔
다는 걸 누구보다 잘 알기에 그 경기에서 더욱 깊은 감동을
받았습니다."

나는 부끄럽게도 2004년 그날의 감동을 잘 알지 못했다.
그들의 노력과 헌신, 그리고 무수한 고충을 4년 후 한 편의
영화를 통해서야 제대로 접하게 되었다.

영화로 만난 2004년 아테네의 감동

그날 부모님은 나와 동생을 깨워 영화관으로 데려갔다.
잠에서 덜 깬 채 툴툴거리며 따라나섰던 나는 매표소에서

티켓을 받은 부모님이 서둘러 관람석으로 향하는 모습이 이상했다.

"대체 무슨 영화길래 이렇게까지 서두르는 거지?"

그러나 영화가 시작되자마자 나는 금세 빠져들었다. TV 드라마에서 자주 보던 익숙한 얼굴, 배우 문소리가 등장하는 순간부터였다. 그녀가 연기한 '미숙'은 한국 여자 핸드볼 올림픽 2연패를 이끈 주역이었지만, 선수 생활을 접고 아들과 함께 대형마트에서 점원으로 일하고 있었다. 같은 올림픽 대표팀 출신이자 동료였던 혜경(김정은 배우)은 그녀에게 다시 핸드볼을 할 생각이 없냐고 물었다.

"올림픽에서 금메달을 따면 상금이 나오잖아. 그러면 현실적인 문제도 해결할 수 있을 거야."

그러나 미숙은 망설였다. 오랜 시간 코트를 떠나 다시 돌아갈 자신이 없었기 때문이다. 하지만 혜경의 지속적인 설득 끝에 미숙은 결국 국가대표팀에 복귀한다. 그곳에는 이미 새로운 신예 선수들이 자리 잡고 있었고, 세대 차이와 문화적 차이로 인해 팀 내 갈등이 끊이지 않았다. 훈련 방식에서도 충돌이 일어났다. 기존 선수들은 익숙한 방식대로 훈련하고 싶어 했고 새로 부임한 안승필 감독(엄태웅 배우)은 유럽식 훈련을 도입하며 변화를 요구했다. 급기야 미숙은 팀을 떠났고 혜경도 감독 대행 자리에서 물러났다. 하지만 혜경은 포기하지 않았다.

"미숙을 엔트리에서 제외하겠다."

안 감독의 결정에 혜경은 자신의 선수 자격을 걸고 내기를 제안했다. 그 내기는 혜경의 패배로 끝나 그녀는 짐을 싸서 선수촌을 떠나려 했다. 그러나 혜경이 보여준 헌신과 투지를 지켜본 안 감독은 그녀를 다시 붙잡았다. 그렇게 노장 선수들과 신예 선수들은 하나가 되었고 2004년 여름, 아테네 올림픽 무대에 올랐다.

한국 대표팀은 세계 여자 핸드볼 강국인 브라질과 프랑스를 차례로 꺾으며 결승에 진출했다. 프랑스와의 4강전에서는 경기 종료 직전 결승골을 터뜨리며 승리를 거머쥐었고, 경기가 끝나자 선수들은 서로를 부둥켜안고 기뻐했다. 그러나 미숙에게는 또 다른 시련이 닥쳤다. 그녀의 남편이 위독하다는 소식이 들려왔다. 결승전을 불과 며칠 앞둔 어느 날, 평생 힘이 되어주지는 못했지만 이번이 마지막이 될 수도 있다는 불안감에 그녀는 아테네 공항으로 향했다. 그 순간 아테네 핸드볼 경기장에서는 결승전이 펼쳐지고 있었다. 상대는 세계 최강 덴마크. 유럽을 넘어 세계 최고로 평가받는 강팀이었다. 경기는 초반부터 힘들었다. 미숙이 없는 대표팀은 덴마크의 빠른 공격을 막아내지 못했고, 경기장은 유럽 팬들의 일방적인 응원으로 가득 찼다.

그때 공항으로 향하던 택시 안에서 미숙은 생각했다.

"지금 이 순간, 내 동료들은 나 없이 싸우고 있다."

결국, 그녀는 택시 기사에게 목적지를 바꿔달라고 했다.

"아테네 핸드볼 경기장으로 가주세요."

갑작스럽게 등장한 미숙을 본 혜경은 놀랐지만, 자세한 이야기는 나중에 하자며 미숙은 곧장 코트로 뛰어들었다. 경기장에 들어선 순간 그녀의 눈빛이 변했다. 덴마크 선수들을 따돌리며 슛을 날리는 미숙. 당황하는 상대 팀. 힘을 얻은 한국 대표팀은 결국 종료 직전 극적인 동점을 만들었다. 승부는 두 차례의 연장전 후 승부 던지기로 이어졌다. 그리고 끝까지 싸웠지만, 한국은 아쉽게 석패했다.

물론 영화적 연출을 위해 각색된 부분도 있었다. 그러나 본질은 다르지 않았다. 여자 핸드볼 선수들이 겪은 어려움, 그 어려운 환경 속에서도 세계 최고의 무대를 향해 나아간 끊임없는 노력과 열정. 이것이 바로 한국 여자 핸드볼 대표 팀이 만들어낸 진짜 기적이었다.

1988 서울 올림픽 금메달

1992 바르셀로나 올림픽 금메달

1996 애틀랜타 올림픽 은메달

2004 아테네 올림픽 은메달

2008 베이징 올림픽 동메달

2012 런던 올림픽 4강

그리고 다가올 2028 로스앤젤레스 올림픽. 다시 한번 '생애 최고의 순간'을 써 내려갈 그들을 향해 아낌없는 박수와 존경을 보낸다.

사회를 움직이는
가장 조용한 힘, 신뢰

대기업 경영진 인사철이 지나고 국내 주요 기업 경영진 교체 현황을 분석한 영상을 보던 중 반가운 영상을 보게 됐다. 2010년 1월 방영된 'SBS 스페셜 출세만세'는 당시 두산그룹 회장이었던 박용만의 하루를 밀착 취재한 다큐멘터리였다. '사람이 미래다'는 문구로 국내외에 위상을 떨치던 두산그룹 총수의 24시간을 밀착 취재한 다큐엔 박용만 당시 두산그룹 회장의 하루 주요 일과가 담겨 있었다. 그는 출근 전, 아들과 함께 식사를 하며 하루를 준비했다. 아내에게 서둘러 밥상을 준비해달라고 재촉하고 국수를 몇 번 씹지도 않은 채 급히 삼키며 부각으로 입가심한 후 코트를 걸친다. 자신을 "급한 성격 보유자"라고 소개할 만큼 성격이 다급한 그는, 일에서도 그 성향을 드러냈다. 하지만 중요한 결정을 내릴 때 자신의 성급함을 억제하는 독특한 방법을 사용했다. 그가 선택한 방법은 '모래시계'였다.

"사람이 직급이 올라갈수록 직관에 의한 결정을 내리고 곧바로 실행하는 경우가 많다. 하지만 그런 방식에는 실수의 위험이 따른다. 나도 성격이 급하기 때문에 실수를 줄이기 위해 모래시계를 사용한다. 모래가 다 떨어질 때까지 기다리는 동안 처음 하려던 생각이 바뀌는 경우가 많다. 전화를 걸어 화를 낼까 하다가도 참게 되고 감정이 실린 이메일을 보낼 뻔하다가도 조절할 수 있다. 한번 해보라. 성밀 다르다."

그가 이처럼 감정을 조절하는 이유는 단순했다. 그는 상대방에게 상처를 주는 것이 신뢰를 무너뜨리는 가장 큰 원인이 된다고 믿었다.

"요즘은 이메일을 많이 쓰지 않나. 하지만 이메일에 감정이 실리면 그것은 영원히 기록으로 남는다. 받는 사람에게는 깊은 상처가 되고 나 또한 후회하게 된다."

이처럼 박용만 회장은 경영에서 신뢰와 유대감을 무엇보다 중요한 요소로 여겼다. 그는 점심시간조차 허투루 보내지 않았다. 외국계 금융사 CEO와 만나며 근황을 나누고 업무 관련 논의를 하며 친분을 쌓았다. 평소 하지 못했던 이야기나 국제 정세에 대한 개인적인 의견을 가감 없이 털어놓으며 서로 간의 신뢰를 쌓아갔다. 신뢰와 유대감은 기업 경영뿐만 아니라 사회 전반에서 필수불가결한 요소다. 특히 한국 사회처럼 협업과 관계의 중요성이 강조되는 문화에서는 더욱 그렇다.

신뢰의 경제적 가치

미국 사회에서도 신뢰는 중요한 경제적 자산으로 작용한다.

KBS 사회적 자본에 출연한 다이아몬드 거래상 마틴 와이넷은 신뢰의 가치를 단적으로 보여준다. 그는 한국인 바이어가 다이아몬드를 직접 보고 거래하자고 하자, 히브리어로 "마잘(Ma–zal)"이라고 말하며 악수를 청했다.

"마잘은 '축하한다, 행운을 빈다'는 의미다. 하지만 다이아몬드 거래에서는 그것이 '신뢰한다'는 뜻이다. 우리가 마잘이라고 말하고 악수를 하면, 그것은 곧 계약이 성립되었음을 의미한다. 어떤 보증 수표도, 계약서도 필요하지 않다. 그 악수 하나가 모든 것을 대신한다.”

또 다른 거래상도 신뢰의 중요성을 강조한다.

“우리의 악수는 종이에 적힌 계약서보다 훨씬 더 믿을 만하다. 당신의 평판이 좋다면 사무실에 와서 어떤 보증도 필요 없이 물건을 가져갈 수 있다. 왜냐하면 신뢰가 모든 것의 기반이기 때문이다.”

이처럼 계약서 한 장 없이 오직 평판과 신뢰만으로 이루어지는 거래는 미국 경제가 신뢰를 얼마나 중요한 요소로 여기는지를 보여준다. 미국에는 개인의 신용도를 평가하는 ‘크레딧 포인트’ 제도가 있다. 이는 단순한 결제 한도가 아니라 “얼마나 신뢰할 수 있는 사람인가?”를 수치화한 것이다. 신용점수가 낮으면 단순히 대출을 받기 어려운 것뿐만 아니라 집을 임대하거나 자동차를 구매하는 것조차 어려워진다. 은행뿐만 아니라 집주인, 자동차 딜러, 심지어 취업 과정에서도 신용점수를 중요하게 본다. 즉, 신뢰가 곧 개인의 경제적 능력을 결정하는 핵심 요소로 작용하는 것이다.

신뢰와 유대감이 만든 역사적 협상

신뢰와 유대감은 외교에서도 중요한 역할을 한다. 한 치의 양보도 없는 팽팽한 협상에서도 상호 신뢰가 형성되면 새로운 접점이 만들어지며, 이는 전쟁을 막고 평화를 정착시키는 중요한 요소가 될 수 있다. 대표적인 사례가 1949년 이집트–이스라엘 휴전협정이다. 제 2차 중동전쟁 이후, 국제연합(UN)은 전쟁을 종결하고 휴전을 유도하기 위해 이집트와 이스라엘을 협상 테이블로 불러 모았다. 그러나 양국 대표단은 감정이 격앙된 상태였다. 그들은 복도에서 마주쳐도 시선을 피했고 서로를 철저히 외면했다. 대화를 시도조차 하지 않으며 협상은 교착 상태에 빠졌다.

이 모습을 지켜보던 UN 중재자 랠프 번치(Ralph Bunche)는 더 이상 참을 수 없었다. 그는 단호한 어조로 협상단을 질타했다.

"여러분은 협상을 하러 이곳에 왔습니다. 협상을 하려면 대화를 해야 합니다. 저는 삽살개처럼 양쪽을 오가며 중재하는 데 지쳤습니다. 여러분은 만남과 대화 없이 평화가 이루어진 사례를 본 적이 있나요?"

그러나 번치의 질책에도 불구하고 양측 대표단은 여전히 팽팽하게 대립하며 의견을 좁히지 못했다. 협상이 계속 답보 상태에 머물자 번치는 분위기 전환을 위한 전략을 고민했다. 그는 저녁 식사 후, 이집트·이스라엘·UN 대표단을 불러 당구 게임을 제안했다. 단순한 오락이 아닌 긴장을 완화하고 서로를 인간적으로 이해하는 계기를 만들고자 했다. 이 게임에서 패한 팀은 술과 안주를 사는 벌칙을 수행해야 했고, 그 과정에서 얼어붙었던 분위기가 조금씩 풀리기 시작했고 서로 눈을 마주치고 대화를 나누는 시간이 늘어났다. 이전까지 적대감만 남아 있던 양측 대표들은 점차 서로를 이해하기 시작했다. 이러한 분위기 속에서 협상은 점차 진전을 이루었다. 결국 1949년 2월 24일, 로즈 호텔에서 이집트와 이스라엘은 공식적으로 휴전 협정을 체결했다. 이 협정은 중동 평화의 초석이 되었으며, 이후 레바논·요르단·시리아와도 차례로 휴전 협정이 체결되었다. 랠프 번치는 이 공로를 인정받아 1950년 노벨 평화상을 수상했다.

사회를 지탱하는 보이지 않는 힘

　신뢰와 유대감은 인류가 본능적으로 중요하게 여기는 요소다. 이것이 부족한 사회에서는 모든 관계가 경직되고 협력보다는 경쟁과 불신이 만연하게 된다. 서로를 믿지 못하면 단기적인 이익을 위해 눈앞의 기회만 쫓게 되고, 결국 조직과 사회의 지속 가능한 성장은 불가능해진다. 반대로 신뢰와 유대감이 탄탄한 사회에서는 사람들 간의 관계가 유연해지고 협력을 통한 시너지 효과가 극대화된다. 우리는 일상에서 마주치는 누군가와 다시 어떤 관계로 연결될지 알 수 없다. 오늘 스쳐 지나간 사람이 내일 중요한 협력자가 될 수도 있고 인생을 바꿀 기회를 제공할 수도 있다. 이러한 신뢰와 유대감은 단순히 개인적인 관계를 넘어 사회적 시스템 전반에 걸쳐 작용한다. 정치, 경제, 외교에서도 신뢰는 핵심적인 역할을 한다. 신뢰가 무너진 조직은 지속되기 어렵고, 신뢰가 부족한 국가에서는 국민의 불안이 커지며 경제적 불확실성이 높아진다. 반면 신뢰가 구축된 사회에서는 협력과 조율이 가능해지고 자연스럽게 견제와 균형이 이루어지게 된다. 결국 신뢰와 유대감은 우리가 속한 공동체를 더 건강하고 지속 가능한 방향으로 이끌어가는 필수 요소다. 오늘날 우리가 더 나은 사회를 꿈꾸고 견고한 조직과 공동체를 만들어갈 수 있는 이유다.

국가 간 외교,
우리 일상의 또 다른 이름

나는 종종 기업 관계자들과 미팅을 하느라 바쁜 일정을 보낸다. 일주일에 최소 세 번 이상 만나는 일이 흔하다. 이름만 들어도 기업 총수가 누구인지, 얼마나 큰 기업인지 알 수 있는 국내 4대 그룹 관계자를 만날 때면 나도 모르게 긴장감이 흐르곤 한다. 그들과 점심을 먹고 차를 마실 때 어떤 대화를 나누는지 궁금해하는 사람들도 많다 보니, 친구들이나 대학 동기들을 만나면 가끔 "대기업 관계자들과 만나면 무슨 얘기를 하냐?", "단독 기사 거리라도 캐내느냐?"와 같은 질문을 받곤 한다. 하지만 내 답은 의외로 간단하다. 그냥 밥을 먹고 차를 마시며 최근 회사 분위기가 어떤지 내부적으로 별다른 변화는 없는지 가볍게 이야기하는 것이 전부다. 물론 경영진이 사법 리스크에 처했거나 재무적으로 어려운 상황이라면 조심스럽게 한두 마디 정도 건네는 정도다. 이런 이야기를 들은 친구들의 반응은 크게 두 가지로 나뉜다. 하나는 "신기하다"는 반응이고, 반대로 "별거 아니네"라는 반응이다. 대체적으로 보면 "별거 아니네"라는 반응이 더 많다.

그런데 생각해 보면, 이와 비슷한 인식이 외교에도 적용된다. 많은 사람들은 외교를 '완벽하고 무결점의 과정'이라고 생각한다. 수많은 국가의 이해관계가 걸려 있고 국민의 생존권이 좌우될 수 있는 문제인 만큼 그 협상 과정 또한 치밀하고 빈틈없을 것이라 생각한다. 나 또한 과거에는 그렇게 생각했다. 하지만 대학생 시절 행정·정치외교 분야를 공부하며 관련 서적을 깊이 접하면서 생각이 달라졌다. 나는 아직도 프레드릭 스탠턴의 《위대한 협상》을 서재에 두고 틈날 때마다 읽는다. 이 책에는 세계사를 뒤흔든 8개의 협정과 협상의 과정이 상세히 서술되어 있다. 책 표지만 보더라도 한 시대를 풍미한 거물급 정치인들이 등장한다. 냉전 시대를 종식시킨 로널드 레이건 미국 대통령, 페레스트로이카·글라스노스트 정책으로 소련 개혁·개방을 이끌었던 미하일 고르바초프 전 서기장이 대표적이다. 그렇다면 이들의 협상 과정은 어땠을까?

우리가 흔히 생각하는 '완벽하고 철저한 외교'와는 거리가 멀다. 때로는 감정적인 대립이 있었고, 때로는 협상이 갑작스레 결렬될 위기에 놓이기도 했다. 그리고 어떤 경우에는 개인적인 신뢰나 우연한 순간들이 결정적인 역할을 하기도 했다. 이처럼 우리가 외교를 완벽하게 계산된 과정으로만 바라볼 필요는 없다. 오히려 기업 관계자들과의 대화처럼 일상의 대화와 심리전, 그리고 타이밍이 중요한 순간들이 교차하며 만들어지는 것이 바로 외교의 본질일지도 모른다.

외교는 감정의 싸움이다 :
레이캬비크 회담과 포츠머스 협정

1986년 레이캬비크 회담에서 로널드 레이건 미국 대통령과 미하일 고르바초프 소련 서기장은 핵무기 감축과 중장거리 미사일 폐기를 논의했다. 이때 고르바초프는 레이건에게 '전략방위구상(SDI, 일명 스타워즈 계획)'의 실전 배치를 포기할 것을 요구했다. 그는 SDI를 포기하면 미국과 소련이 새로운 시대를 열 수 있다며 강하게 설득했다. 그러나 레이건은 단호했다.

"SDI는 내가 미국 국민에게 약속한 것이다. 그것을 포기할 수 없다."

고르바초프는 다시 한번 "각하의 결정으로 우리는 새로운 역사를 만들 수 있다"며 재차 설득했지만, 레이건은 끝까지 이를 거절했다. 결국 그는 보좌진과 함께 회담장을 박차고 나왔다. 그때 고르바초프는 레이건의 팔을 붙잡고 다시 대화를 시도하려 했다. 그러나 레이건은 더 이상 협상을 이어갈 뜻이 없었다.

"더 이상 논의할 필요가 없다."

그는 외투를 걸쳐 입고 단호하게 회담장을 떠나버렸다. 이 장면을 떠올려 보면 우리의 일상에서도 흔히 볼 수 있는 모습과 다르지 않다. 한 사람이 대화가 더 이상 대화가 의미 없다고 판단해 자리를 뜨려 하고 상대방이 붙잡으며 다시 대화를 시도하는 모습. 마치 카페에서 친구들이 이야기하다가 의견이 맞지 않아 한 사람이 나가려 할 때 다른 사람이 붙잡으며 설득하는 상황과 크게 다르지 않다.

이와 비슷한 사례는 러일전쟁 직후 진행된 '포츠머스 협정'에서도 찾아볼 수 있다. 1905년, 러시아와 일본은 미국의 중재로 포츠머스에서 휴전 협정을 진행했다. 러시아 측 외교관은 세르게이 비테(Vitte), 일본 측 외교관은 고무라 주타로였다. 고무라는 을미사변(조선 명성황후 시해 사건)을 지휘한 인물로, 한국인들에게는 부정적인 인물로 기억되는 인물이다. 전쟁에서 승리한 일본 측의 고무라는 러시아 측에 '사할린 반도 전역'과 '남만주 철도 부설권' 등을 넘길 것을 강력히 요구했다. 이에 러시아의 비테는 미국 고위 당국자들을 찾아가 일본의 요구 수준을 낮추도록 도와달라며 '굴욕을 감수한 로비'를 계속했다. 그는 심지어 테니스를 치며 휴식을 취하는 루즈벨트 대통령을 직접 찾아가 일본을 설득해 달라고 읍소하기까지 했다. 그러나 협상 막바지, 일본 측 고무라는 러시아의 요구를 끝까지 거부했다. 그러자 비테는 고무라가 보는 앞에서 아무 말 없이 눈물을 흘리며 몇 분간 침묵했다. 그 순간, 고무라는 예상치 못한 상황에

당황했고 마음이 흔들렸다. 그렇게 그는 결국 입장을 바꿔 "일본은 사할린 북위 50도 이북 영토를 포기한다."고 선언했다.

외교는 멀리 있지 않다

두 사례에서 알 수 있듯, 국가 간 협상의 대부분은 단순한 논리 싸움이 아니라 심리전과 명분 싸움의 연속이다. 100을 가져갈 수 있는 상황에서도 협상 과정에서 밀리면 50밖에 가져가지 못하는 경우도 허다하다. 심지어 0이 되는 경우도 많다. 이렇듯 외교는 '저 먼 세상의 완벽한 과정'이 아니라 우리가 일상에서 경험하는 협상과 크게 다르지 않다. 때로는 강하게 주장해야 하고, 때로는 한 걸음 물러서야 하며, 상대가 감정적으로 흔들릴 순간을 기다리기도 한다. 한편으로는 단순히 '이겼다, 졌다'로 평가하기보다는 협상 과정에서 우리가 어떤 명분을 쌓았고 무엇을 지키고 무엇을 얻었는지를 깊이 들여다볼 필요가 있다.

나는 오늘도 교회에서 청년들이 대화하고 의견을 조율

하는 모습을 본다. 그들은 서로의 감정을 상하지 않게 하면서도 자신의 본분을 지키며 이해관계를 조정하려 노력한다. 그 모습을 보면 자신의 이념과 주장만을 고집하며 끝까지 자기 생각을 밀어붙이는 '답답한 그들'보다 백배, 천배 나아 보인다. 어쩌면 우리가 외교를 배우는 과정은 바로 이러한 일상 속에서 시작되는 것이 아닐까.

TPP vs. RCEP:
경제 블록의 대립

종로 기자실에 출근하는 날마다 점심시간이면 자주 찾는 인사동 찻집에서 조용히 국제 기사를 읽곤 한다. 그러던 중 오랜만에 눈에 띄는 단어를 발견했다. '역내 포괄적 경제 동반자 협정(RCEP)'. 이 협정은 과거 문재인 정부 시절 미국 주도의 경제 블록인 '환태평양경제동반자협정(TPP)'과 RCEP 중 어느 협정에 가입해야 하는지를 두고 정치권과 언론에서 치열한 논쟁이 벌어졌던 이슈 중 하나였다.

TPP(환태평양경제동반자협정)를 처음 제안한 것은 버락 오바마 전 미국 대통령이었다. 그는 TPP를 미국이 주도하는 자유무역 협정으로 발전시키려 했으며, 이를 통해 아시아·태평양 지역에서 중국의 경제적 영향력을 견제하고자 했다. 2016년 오바마 행정부는 TPP 비준을 추진했지만 결국 야당(공화당)의 반대와 정치적 부담으로 인해 이를 포기했다. 이후 도널드 트럼프 대통령이 취임하면서 TPP 참여를 강력히 반대하며, 2017년 1월 23일 공식적으로 TPP 탈퇴를 선언했다. 트럼프는 TPP를 '재앙'이라 칭하며 미국 경제에 도움이 되지 않는 협정이라고 평가했다. 한편, 중국은 이에 맞서 RCEP을 적극 추진하며 영향력을 확대하려 했다. 시진핑 중국 국가주석은 문재인 당시 대통령에게 RCEP의 조속한 발효를 요구했으며, 중국 주도의 브릭스(BRICS, 브라질·러시아·인도·중국·남아프리카공화국) 경제 협력체에도 한국이 적극적으로 참여할 것을 요청했다.

그렇다면 RCEP과 TPP는 어떤 차이가 있으며, 왜 미국과 중국이 서로 다른 경제 블록을 추진하며 가입국을 확보하려 했을까?

*RCEP: 아시아 중심의 자유무역 협정

RCEP(역내 포괄적 경제 동반자 협정)는 동남아시아국가연합(ASEAN) 10개국과 한국, 중국, 일본, 호주, 뉴질랜드 등 15개국이 참여한 경제 협정으로 역내 무역 자유화를 목적으로 체결되었다. 이 협정은 각국의 경제적 상황을 고려하여 단계적으로 개방을 추진하는 점이 특징이다. 2020년 11월 15일 참여국들이 협정문에 서명하면서 공식적으로 체결되었다.

*TPP: 미국 주도의 경제 협력체

한편, TPP(환태평양경제동반자협정)는 미국, 캐나다, 멕시코, 호주, 뉴질랜드, 싱가포르, 브루나이, 베트남, 말레이시아, 칠레, 페루 등이 참여한 경제 협력체로, '보나 높은 수준의 포괄적 경제 자유화'를 목표로 하는 협정이다. TPP의 가장 큰 특징은 '예외 없는 관세 철폐'를 원칙으로 한다는 점이다. 기존 자유무역협정(FTA)보다 더 강력한 시장 개방과 높은 수준의 경제 통합을 요구한다.

트럼프 대통령이 취임하면서 미국은 2017년 TPP에서 탈퇴했다. 이에 따라 일본이 중심이 되어 '포괄적·점진적 환태평양경제동반자협정(CPTPP)'을 출범시켰으며 이후 한국도 가입을 검토하게 되었다.

경제 패권 전쟁: 미국 vs. 중국

이러한 경제 협력체 경쟁의 본질은 미국과 중국 간의 패권 전쟁이다. 어느 한 국가가 지나치게 강한 경제력을 갖게 되면, 다른 국가의 영향력은 자연스럽게 줄어든다. 따라서 각국은 자신들의 이익을 지키기 위해 서로 견제하고 균형을 맞추려 한다. 특히 반도체 산업은 현재 미국과 중국의 가장 뜨거운 경쟁 분야다. 스마트폰과 컴퓨터 같은 IT 기기의 핵심 부품인 반도체는 21세기 경제·기술 패권을 좌우하는 핵심 요소가 되었다.

조 바이든 미국 대통령은 국무회의에서 반도체 웨이퍼를 직접 들어 보이며 "반도체, 배터리, 광대역 인터넷—all of this is infrastructure(이 모든 것이 인프라다)"라고 강조했다. 그는 "중국 공산당이 반도체 공급망을 지배하려는 공격적인 계획을 가지고 있다. 이에 맞서 반도체와 배터리 산업에 적극 투자해야 한다"고 말했다. 이는 반도체 시장에서 중국의 영향력을 방어하겠다는 미국의 강력한 의지를 보여준 것이다. 바이든 대통령은 취임 직후 미국 주도의 반도체 공급망 협력체인 '칩4(Chip 4)'를 만들고 한국, 일본, 대만의 참여를 요구했다. 반면 중국은 칩4를 '자국 견제용'이라며 강하게 반발했다. 이러한 상황에서 한국은 미국과 중국 사이에서 신중한 선택을 해야 하는 입장에 놓였다.

한국의 입장: 경제적 선택과 균형

한국은 국제사회에서 '중견국(Middle Power)'으로 평가되며, 믹타(MIKTA, 멕시코·인도네시아·대한민국·터키·호주) 회원국으로 활동하고 있다. 강대국만큼 영향력을 행사하기는 어렵지만 국제적 이슈에서 중요한 결정권을 가질 수 있는 위치에 있는 것이다. 최근 한국 외교 행보를 보면 견제와 균형을 중시하는 전략을 취하고 있음을 알 수 있다. 공산권 국가인 쿠바와 수교하며 관계를 유지하는 동시에, 미국과는 글로벌 전략 동맹을 강화하는 등 자유 진영과의 협력도 지속하고 있다. 이를 통해 한국은 국제 사회에서 특정 진영에 치우치지 않고 유연한 외교 정책을 유지하려는 모습을 보인다. 앞으로도 한국 정부는 국제 관계에서 '견제와 균형' 전략을 유지하며 이를 통해 한반도 정세를 안정적으로 관리해야 할 필요가 있다.

　나는 6·25 전쟁 당시 남한으로 피난 온 할아버지가 전쟁의 참혹함을 온몸으로 겪으며 힘겹게 가족을 지켜낸 이야기를 들으며 자랐다. 폐허가 된 땅에서 다시 일어선 그 세대의 희생과 눈물 위에 우리가 오늘을 살아가고 있다는 사실을 늘 마음에 새긴다. 그렇기에 대한민국 국민으로서 나는 한반도의 평화와 번영이 흔들림 없이 이어지길 간절히 바란다. 한순간의 실수가 또 다른 아픈 역사를 만들지 않도록 신중하고도 지혜로운 외교가 지속되기를 소망한다. 우리의 선택이 후세대에게 또 다른 희망이 되기 위해 지금 우리는 더 단단하게 나아가야 한다.

올림픽, 순수한 경기인가
거대한 거래인가

스포츠는 단순한 신체적 경쟁을 넘어 오늘날 경제와 깊이 연결된 거대한 산업으로 자리 잡았다. 특히 올림픽과 같은 국제 스포츠 이벤트는 경제적 측면에서 국가 브랜드를 강화하고 관광·인프라·무역 활성화 등 다양한 파급 효과를 낳는다. 최근 열린 파리올림픽도 예외는 아니다. 경제면에서는 기업들이 메달리스트들에게 지급하는 포상금이나 올림픽 개최에 따른 경제적 효과가 주요 이슈로 떠오르곤 한다. 이처럼 스포츠는 신체적 능력을 기반으로 하지만 경제와도 떼려야 뗄 수 없는 관계를 맺고 있다. 올림픽이 끝난 후 개최국이 가장 먼저 따지는 것은 바로 '흑자 여부'다. 대회를 개최하기 위해 투입한 막대한 비용을 기업 후원, 마케팅, 중계권료 등을 통해 회수했는지가 중요한 평가 기준이 된다.

역대 올림픽 중 흑자를 기록한 대표적인 사례로는 1984년 LA 올림픽, 1988년 서울 올림픽, 1992년 바르셀로나 올림픽, 1994년 릴레함메르 동계올림픽이 있다. 특히 릴레함메르 올림픽은 흑자를 기록했을 뿐만 아니라, 아름다운 자연환경과 휴양지로서의 매력을 세계에 알리며 대회 이후에도 관광 수익을 창출했다. 우리나라 역시 서울 올림픽을 통해 전쟁 이후 폐허 상태였던 국가 이미지를 완전히 탈피하는 계기를 마련했다. '고아 수출국'이라는 부정적 인식을 바꿨고, 특히 굴렁쇠 소년의 퍼포먼스는 세계적으로 깊은 인상을 남겼다. 또한 북한이 공산권 국가들에게 퍼뜨린 '한국은 굶주린 나라'라는 선전에 대응하는 효과를 거두었다. 이는 노태우 정부의 '북방외교'(공산권 국가들과의 수교 및 북한–미국, 북한–일본 수교 지원 정책)에도 긍정적인 영향을 미쳤다. 반면 적자를 기록한 대표적인 올림픽도 있다. 1988년 캘거리 동계올림픽, 1992년 알베르빌 동계올림픽, 1998년 나가노 동계올림픽, 2004년 아테네 올림픽이 그 사례다. 특히 2004년 아테네 올림픽은 적자 규모가 컸으며, 그리스가 유럽연합(EU)에 구제금융을 신청할 때 재정 악화의 주요 원인으로 거론될 정도였다. 당시 한국 언론도 아테네를 방문해 올림픽 개최 후유증과 시민들의 반응을 취재했다. 아테네 시민을 대상으로 한 여론조사에서 과반수 이상이 올림픽 경기장을 폭파시키고 싶다고 응답할 정도로 부정적인 인식이 강했다.

올림픽 개최지 선정, 그리고 돈

올림픽 개최지 선정 과정에서도 경제적 요소가 중요한 역할을 한다. 대회 개최는 단순한 스포츠 이벤트가 아니라 국가 경제, 외교, 관광산업에 직결된 초대형 프로젝트이기 때문이다. 그러나 때때로 개최지 선정 과정에서는 부패와 금전적 거래가 개입되기도 한다. 대표적인 사례로 2002년 솔트레이크시티 동계올림픽 유치 과정에서 발생한 뇌물 스캔들이 있다. 당시 일부 IOC(국제올림픽위원회) 위원들은 거액의 뇌물을 받았으며, 일부는 미국 영주권이 제공되는 일자리를 알선받기도 했다. 이 사건은 국제적으로 큰 파장을 일으켰고, IOC 내부의 구조적인 문제를 드러내는 계기가 되었다.

우리나라도 경제적 요인이 개최지 선정 과정에서 결정적인 변수로 작용하며 불리한 상황을 겪은 바 있다. 2014년 동계올림픽 개최지 선정 당시, 평창은 러시아 소치와 치열한 유치전을 벌였다. 삼성전자 고(故) 이건희 회장은 노구를 이끌고 과테말라시티 IOC 총회장을 직접 방문해 평창 지지를 호소했다. 그는 최종 브리핑에서 "우리에게 역사를 바꿀 기회를 주십시오. 평창 동계올림픽을 통해 남북 간 벽을 무너뜨릴 수 있습니다"라고 강조했다. 우리나라는 1차 투표에서 과반을 확보해 개최권을 따내는 전략을 세웠다. 실제로 IOC 위원들을 개별적으로 만나 지지를 요청했으며 상당수 위원들로부터 긍정적인 반응을 얻었다. 하지만 최종 결과는 예상과 달랐다. 1차 투표에서는 평창이 우세했지만, 2차 투표에서 러시아 소치가 역전하여 개최권을 가져갔다. 이 과정에서 푸틴 러시아 대통령이 직접 개입했다는 보도가 나왔다. 당시 푸틴은 동유럽 출신 IOC 위원들에게 "소치를 지지하지 않으면 동유럽으로 공급하는 천연가스를 차단하겠다"는 식의 압박을 가한 것으로 알려졌다. 이는 러시아가 천연가스 수출을 통해 동유럽 국가들에 미치는 경제적 영향력을 활용한 대표적인 사례였다. 결국 이러한 외교적·경제적 압박에 굴복한 일부 동유럽 IOC 위원들이 소치에 투표하면서 평창은 개최권을 잃었다.

올림픽 정신, 그리고 본질

올림픽 창시자인 피에르 드 쿠베르탱 남작은 "올림픽을 통해 세계 평화를 이룰 수 있다"고 말했다. 그의 말처럼 올림픽은 단순한 스포츠 경기가 아니라 국적과 인종, 이념을 뛰어넘어 인류가 하나 되는 상징적인 무대다. 선수들은 최고의 무대에서 치열하게 경쟁하면서도 규칙과 스포츠맨십을 지키고 서로를 존중하며 올림픽 정신을 실현한다. 그러나 현대 올림픽은 점점 본래의 정신에서 멀어지고 있다. 올림픽 개최지 선정부터 운영, 중계권 계약, 마케팅까지 거대한 경제적 이해관계가 얽히면서 순수한 스포츠 정신보다는 자본과 정치적 영향력이 행사되는 현실적인 요소들이 더욱 부각되고 있다.

그럼에도 불구하고 우리는 올림픽이 단순한 비즈니스 이벤트가 아닌 '인류 화합의 축제'로 남아야 한다는 점을 기억해야 한다. 올림픽의 진정한 가치는 승패를 넘어 세계 각국의 선수들이 서로를 격려하고 존중하며 공정한 경쟁을 펼치는 데 있다. 개막식에서 서로 다른 국기가 하나의 성화 아래 모이고, 경기가 끝난 뒤 승자와 패자가 국경을 넘어 손을 맞잡는 모습은 그 어떤 경제적 이익보다 더 큰 의미를 지닌다. 만약 올림픽이 지나친 상업주의에 잠식되고 돈과 권력이 경기의 승패를 좌우하는 수준까지 이른다면 우리는 더 이상 '올림픽 정신'을 논할 수 없을지도 모른다. 올림픽이 본래의 이상을 유지하기 위해서는 지속적인 감시와 개선이 필요하며, 무엇보다 스포츠 본연의 가치를 지키려는 노력이 요구된다. 올림픽은 세계인이 함께하는 가장 순수한 경쟁의 장이자, 인류가 서로를 이해하고 화합할 수 있는 소중한 기회다. 이 정신이 훼손되지 않도록 우리는 올림픽을 바라보는 태도와 운영 방식을 다시 한번 돌아봐야 할 때다.

부산엑스포 유치전,
우리가 놓친 한 가지

역대급 참패로 끝난 2030 부산세계박람회 유치전. 개최 도시 발표 직전 유치 과정을 지켜보며 개인적으로 느꼈던 아쉬움과 바람을 글로 남긴 적이 있다. 지금 시점에서 다시 돌이켜보면 그 아쉬움은 단지 결과 때문만은 아니었다. 유치전 과정 전반에서 우리가 보여줬어야 할 전략적 접근, 그리고 국제사회를 설득하기 위한 메시지 설계에 대한 고민이 더 깊었어야 한다는 데 있었다. 오늘날 세계는 빈부격차, 기후 위기, 디지털 불평등 등 복합적인 사회 문제에 직면해 있다. 각국은 저마다의 방식으로 이를 해결하기 위해 노력하고 있으며, 그 과정에서 '공유 가능한 경험과 해법'을 가진 국가의 역할은 점점 더 중요해지고 있다.

그런 점에서 대한민국은 비교적 짧은 기간 안에 압축적

인 경제 성장과 민주화, 정보기술 발전을 이루며 세계가 주목할 만한 사례를 만들어낸 나라다. 특히 1988년 서울 올림픽은 대한민국이 단지 개최국이라는 타이틀을 넘어 국제 사회와의 진정한 연결을 시작한 계기였다. 서울 올림픽을 통해 우리는 당시 교류가 거의 없던 동유럽과 공산권 국가들과 수교의 물꼬를 텄고, 그에 따라 사회·문화 전반의 체계를 재정비할 수 있었다. 그 과정은 한국의 국가 브랜드를 한 단계 끌어올렸고 외교 무대 또한 동북아시아를 넘어 세계로 확장되는 발판이 되었다. 바로 이러한 경험과 그 속에서 축적된 지식과 시스템을 이제는 다른 국가들과 공유할 차례였다. 그것이 단지 자국의 이익을 넘어서 글로벌 공동체에 기여할 수 있는 방식이며 그 연결의 매개가 될 수 있었던 것이 바로 2030 부산세계박람회였다. 2030 세계박람회가 부산에서 개최되었다면 단지 한국의 국가 이미지 제고에 그치지 않고 개도국과 선진국 간의 경험 공유의 장, 미래지향적 글로벌 협력의 플랫폼으로 기능할 수 있었을 것이다.

세계의 시선으로 말하다: 평창 올림픽 유치전

2011년 남아프리카공화국 더반에서 열린 평창 동계올림픽 유치전은 국제 행사 유치 전략의 모범 사례로 평가받는다. 당시 유치위원단은 단지 한국의 입장에서 동계올림픽의 필요성을 주장한 것이 아니라, 국제사회가 공감할 수 있는 스토리텔링 구조를 설계했다. 바로 세계인의 시선으로 메시지를 재구성한 것이다. 대표적인 인물이 바로 토비 도슨(Toby Dawson)이다. 그는 한국에서 태어나 미국으로 입양된 재미동포로, 2006년 토리노 동계올림픽에서 프리스타일 스키 동메달을 획득한 바 있다. 유치 발표 현장에서 그는 자신의 출생과 성장 과정을 진솔하게 풀어내며 다음과 같은 메시지를 전했다.

"한국은 나와 같은 아이들에게 더 많은 기회를 제공할 수 있는 나라가 되어야 한다. 그 시작이 바로 평창 동계올림픽이 될 수 있다"

그의 연설은 단순히 '한국이 동계올림픽을 개최할 자격이 있다'는 주장에 그치지 않았다. 삶의 이야기와 국가 발전, 미래 세대를 위한 약속이 어우러진 서사 구조로 구성되었기에 듣는 이들로 하여금 공감과 설득을 동시에 이끌어 냈다. 이처럼 국제 행사 유치전의 핵심은 '우리가 하고 싶은 이야기'를 일방적으로 전하는 것이 아니라, '세계가 듣고 싶은 이야기'를 그들의 언어와 시선으로 풀어내는 전략에 있다. 우리의 메시지가 진정한 공감을 얻기 위해서는 외부에서 보았을 때도 그것이 공익적이고 설득력 있게 들려야 한다.

국제무대에서 진정한 설득력은 단순히 자국의 입장을 강조하는 데서 나오지 않는다. 오히려 타자의 시선에서 공감과 정당성을 이끌어내는 데서 시작된다. '우리가 왜 이 행사를 유치해야 하는가'라는 질문에 그치는 것이 아니라, '세계는 왜 우리에게 이 기회를 줘야 하는가'라는 질문에 설득력 있게 답할 수 있어야 한다. 실제로 2007년 과테말라에서 열린 IOC 총회 당시, 우리는 평창의 감자밭과 농민들의 모습을 보여주는 영상으로 진정성을 전하려 했다. 하지만 이 영상은 한국 내부의 시선에 머물러 있었고, 국제사회의 기대와 감정에까지는 도달하지 못했다. 정성과 진심은 분명했지만 그 진심이 세계인의 언어로 '번역'되지 못한 사례였다.

반면 2011년 더반에서의 프레젠테이션은 완전히 달랐다. 국제 스포츠 컨설턴트인 테런스 번스(Terrence Burns)가 제작한 영상은 동계올림픽 개최지로서 갖춘 입지, 인프라, 접근성, 국민적 열정 등을 국제사회의 시선으로 해석하여 전달했다. 이 영상은 단순한 소개 영상이 아닌, 국제 사회가 평창을 어떻게 바라봐야 하는지를 설계한 메시지 도구였다. 그리고 이것이야말로 평창 유치 성공의 결정적인 요인이 되었다.

국제무대의 경험이 남긴 전략적 교훈

2030 부산세계박람회 유치 사례 역시 국제무대 설득 전략의 중요성을 보여주는 대표적인 예다. 우리는 당신 '왜 부산인가'라는 질문에 한국의 논리로만 답하는 데 머물렀다. 그러나 국제무대에서 중요한 것은 '왜 세계가 부산을 선택해야 하는지'를 세계인의 언어로 설득하는 전략이다. 한국의 눈부신 발전 경험을 공유하겠다는 메시지, 지속 가능성과 포용이라는 미래 비전 역시 필요했지만 그것이 글로벌

시민들에게 어떤 실질적인 의미와 가치를 줄 수 있을지를
함께 설계했어야 한다. '우리의 시각'에서가 아닌 '세계의 시
각'에서 대한민국을 바라보고 부산의 가능성을 조명했더라
면 결과는 달라졌을지도 모른다. 이제 세계는 더 이상 일방
적인 주장에 움직이지 않는다. 진정성은 기본이고 그 진정
성을 '어떻게 말하느냐'가 성패를 가른다.

2030년의 유치전은 끝났지만 그 경험은 교훈이 되어야
한다. 앞으로도 우리는 또 다른 국제행사 유치에 도전할 것
이다. 그때는 대한민국의 강점을 일방적으로 내세우기보다
세계인의 눈높이에서 우리의 가치를 어떻게 입증할 것인가
에 대한 치열한 고민과 전략이 함께 가야 한다.

진정한 글로벌 경쟁력이란 '우리가 원해서'가 아니라 '세계
가 우리를 원하게 만드는' 설득에서 출발한다. 국제사회가
공감하고 동의할 수 있는 서사를 만드는 것, 그것이 앞으로
의 도전에서 반드시 갖춰야 할 핵심 역량이다.

우주를 향한
노력

따스한 주말 아침, 오랜만에 모교인 단국대학교 도서관을 찾았다. 과거 시험 기간마다 로비에서 미래를 꿈꾸며 공부하던 기억이 떠올라 감회가 새로웠다. 평소 관심 있던 분야의 책을 찾아 사회과학 코너를 둘러보던 중, 우주과학 관련 서적 한 권이 눈에 들어왔다. '왜 이 책이 사회과학 코너에 있을까?' 하는 의문과 함께 책장을 넘기자 그 안에는 우주과학의 역사뿐 아니라 국가들이 우주기술을 정치·사회적으로 어떻게 활용해 왔는지를 다룬 내용이 담겨 있었다. 단순한 과학기술을 넘어선 우주과학의 전략적 가치가 흥미롭게 다가왔다. 실제로 우주과학은 아직 대중적 인식에서 멀리 있다. 대학 강의는 물론, 중·고등학교 교과서에서도 관련 내용은 극히 제한적이다. 이는 우주과학이 고도의 전문성과 복합 기술을 요구하는 분야이기 때문일 것이다.

2021년 10월, 문재인 대통령은 한국형 발사체 '누리호'의 발사를 참관하며 이를 "국가 과학기술력의 총집결체"라고 평가했다. 기계, 전기, 전자, 화학, 광학, 신소재 등 다양한 과학기술이 하나로 결합되어야 완성되는 기술이며 단순한 발사체가 아닌 국가 경쟁력의 상징임을 강조한 것이다. 우주기술을 독자적으로 보유한 국가는 전 세계적으로도 극소수에 불과하다. 러시아, 미국, 이스라엘 등만이 자국 기술로 위성을 궤도에 올릴 수 있으며, 이들은 그 기술을 철저히 비공개로 유지한다. 이러한 가운데 2021년, 한국이 모형 위성을 고도 700km 궤도에 성공적으로 올린 것은 단순한 시연을 넘어 우주 자립국 진입의 신호탄이었다. 그리고 마침내 2023년, 한국은 누리호 3차 발사에 성공하며 실질적인 우주 독립국으로 도약했다. 목표 고도에 위성을 정확히 안착시키고 발사체와 위성 모두를 자국 기술로 제작·운용함으로써 세계에서 11번째로 '스페이스 클럽'에 가입하게 되었다. 이는 한국이 단순한 기술 수입국을 넘어선 자체

개발 역량을 갖춘 우주 독립국가로서의 위상을 국제사회에 입증한 결정적인 순간이었다.

우주는 왜 중요한가

오늘날 미국과 러시아뿐만 아니라 유럽의 작은 내륙국인 룩셈부르크조차 우주 산업에 막대한 투자를 아끼지 않고 있다. 여의도의 세 배 면적에 불과한 룩셈부르크는 금융 산업을 통해 경제 성장을 이룬 뒤 미래 전략 산업으로 우주과학을 낙점하고 기술 경쟁력 강화에 나섰다. 그렇다면 왜 이토록 많은 국가들이 천문학적인 비용을 감수하면서까지 우주과학에 뛰어드는 걸까? 그 이유는 크게 경제성과 국가 안보, 두 가지로 나눌 수 있다.

첫째, 경제적 가치이다. 우주에는 지구와 비교할 수 없는 고부가가치 자원이 존재한다. 대표적으로 화성과 목성 사이 소행성대에 위치한 '프시케(Psyche)'는 철과 니켈 등 금속이 풍부하고 전체 부피의 최대 60%가 금속일 것으로 추정된다. 이에 수천 조 원 규모의 자산 가치를 가진 것으로 평가된다. NASA는 2024년 화성 암석을 지구로 운반하기 위한 계획을 세웠고, '스카이 크레인'과 민간 기술을 활용한 두 가지 방안에 최대 11조 원 이상이 투입될 것으로 예상되는데, 이는 우주 자원의 잠재적 경제성이 그만큼 크다는 방증이다.

둘째, 국가 안보 차원에서의 우주기술은 핵심 전략 자산이다. 위성은 통신과 기상 관측을 넘어 군사 정보 수집과 국가 전산망의 안전에 직결되는 인프라로, 위성 하나가 교란되거나 파괴되면 국가 전체 시스템이 마비될 수 있다. 실제로 2018년 제2차 북미정상회담에서 도널드 트럼프 대통령은 "북한도 놀랄 만큼의 정보"를 확보했다고 밝혔는데, 이는 미국이 위성을 통해 핵시설 위치를 정밀하게 파악하고 있었음을 암시하며 우주기술이 외교 협상에서도 결정적인 전략적 무기가 될 수 있음을 보여준 사례다. 이처럼 우주기술은 전통적인 무기보다 더 강력한 외교적 지렛대로 작용하며 우주를 장악한 국가는 지구의 협상 테이블 위에서 훨씬 유리한 고지를 선점하게 될 수 있다. 그러나 이 같은 기술을 확보하는 과정은 결코 쉽지 않다. 수천 도의 고

온을 견디는 로켓 엔진, 고속 회전하는 터보펌프의 정밀 가공, 발사체 내 각종 부품의 설계·제작까지 모든 공정은 초고난도 기술과 오랜 시간의 축적이 요구되는 영역이다.

미래 이익을 위한 필수불가결한 선택, 우주과학

우주개발은 단지 기술 경쟁을 위한 레이스가 아니다. 그것은 국가의 경제, 안보, 외교력, 그리고 미래 생존력까지 아우르는 복합적 전략 투자다. 우주를 향한 각국의 움직임은 단순한 과학기술의 진보를 넘어서 지구 밖 새로운 기회를 선점하고 국제 질서 속 주도권을 확보하려는 의지를 반영한다. 한국은 누리호 발사를 통해 '스페이스 클럽'에 이름을 올림으로써 자체 기술로 미래를 개척할 수 있는 능력을 입증했다. 이는 단순한 자부심이 아닌 글로벌 경제·안보 지형에서 독립적이고 주도적인 위치를 차지할 수 있는 발판이 된다는 점에서 그 의미가 크다. 앞으로도 인류는 우주를 향해 끊임없이 나아갈 것이며 우주기술을 가진 국가와 그렇지 않은 국가 간의 격차는 더욱 심화될 것이다. 이러한 흐름 속에서 한국이 더욱 도전적이고 지속적인 투자로 우주 기술의 내실을 다지고 국제적 위상을 높이며, 후속 세대에게 새로운 기회의 장을 열어줄 수 있기를 기대한다. 우주는 먼 미래가 아닌 지금 우리가 준비해야 할 가장 현실적인 미래다.

에필로그

견제와 균형의
이름으로

2024년 10월, 첫 원고를 집필한 이후 어느덧 반년이 흘렀습니다. 그 짧다면 짧은 시간 동안 우리는 대통령 탄핵이라는 헌정사상 유례없는 사건을 겪었습니다. 저는 그 순간들을 기자로서, 동시에 한 명의 시민으로서 가까이서 지켜봤습니다. 그리고 그 사이 제 삶에도 여러 굴곡이 있었습니다. 외할머니의 별세, 새로운 직장을 향한 갈림길, 그리고 매일같이 발로 뛰며 목도한 한국 사회의 민낯들.

기자로 재직한 지난 2년 간 저는 100회가 넘게 현장을 찾았습니다. 노조의 함성이 가득한 거리, 억울함을 호소하는 대기업 총수의 법정, 졸지에 삶터를 잃고 눈물짓는 시장

상인들의 현실. 그곳은 하나같이 말하고 있었습니다. "이 사회는 과연 균형을 이루고 있는가?" 그 물음 끝에서 얻은 답은 명확했습니다. 견제와 균형이 사라진 자리에 남는 것은 언제나 고통과 불균형이라는 것. 권력은 누구에게나 주어질 수 있지만 그 누구도 완전하지 않습니다. 그렇기에 견제는 비난이 아니라 상호 책임의 구조이며 균형은 타협이 아니라 공존을 위한 최소한의 안전장치입니다. 저는 그 사실을 이태원 참사 현장에서, 인사동 골목의 사라진 호떡 노점에서, 그리고 재개발 현장의 쫓겨난 이웃들 눈빛 속에서 배웠습니다.

견제 없는 권력은 독주로 흐르고 균형 없는 사회는 불신과 분열에 잠식됩니다. 한 국가의 대통령도, 거대한 기업도, 그리고 언론조차도 예외일 수 없습니다. 지금 우리가 할 수 있는 가장 현실적인 시작은 현장을 외면하지 않는 것입니다. 낯선 목소리를 듣고 불편한 시선을 외면하지 않으며 내가 미처 보지 못했던 다른 진실 앞에서 질문을 던지는 것.

"이 결정은 누구에게 이익이며, 누구에겐 침묵을 강요하고 있는가?"

이 책이 그런 질문의 출발점이 되기를 바랍니다. 그리고 다음 시대의 리더와 다음 사회를 이끌어갈 시민들이 견제와 균형의 소중함을 잊지 않기를 진심으로 바랍니다. 견제 없는 자유는 자의로 흐르고 균형 없는 정의는 어느새 편향이 됩니다. 그 경계를 지키는 감각, 그 감각이야말로 우리가 다음 세대에 반드시 물려줘야 할 사회적 유산일지도 모릅니다.